张爱玲传

月若有情月长圆
最痴不过张爱玲

江晓英 著

Zhangailing
Zhuan

江苏凤凰美术出版社
全国百佳图书出版单位

图书在版编目（CIP）数据

月若有情月长圆　最痴不过张爱玲／江晓英著．—南京：江苏凤凰美术出版社，2014.7（2019.8重印）

ISBN 978－7－5344－4205－6

Ⅰ．①月…　Ⅱ．①江…　Ⅲ．①传记文学－中国－当代　Ⅳ．①I25

中国版本图书馆CIP数据核字（2014）第011809号

策　　划　王继雄
责任编辑　曹昌虹
版式设计　乐活时代
责任监印　唐　虎

书　　名　月若有情月长圆　最痴不过张爱玲
著　　者　江晓英
出版发行　江苏凤凰美术出版社（南京市中央路165号　邮编：210009）
　　　　　北京凤凰千高原文化传播有限公司
出版社网址　http：//www.jsmscbs.com.cn
印　　刷　三河市宏图印务有限公司
开　　本　880mm×1230mm　1/32
印　　张　7
版　　次　2014年7月第1版　2019年8月第2次印刷
标准书号　ISBN 978－7－5344－4205－6
定　　价　39.80元

营销部电话　010－64215835

江苏凤凰美术出版社图书凡印装错误可向承印厂调换　电话：010－64215835

序 言

她说:“因为懂得，所以慈悲。”

她说:“生命是一袭华美的袍，爬满了蚤子。”

她说:“于千万人之中遇见你所遇见的人，于千万年之中，时间的无涯的荒野里，没有早一步，也没有晚一步，刚巧赶上了，那也没有别的话可说，唯有轻轻地问一声:‘噢，你也在这里吗?’”

她，是张爱玲。

民国时期的临水照花人。

她和她的寂寞在尘埃里开出花来——静默，绝世，孤傲。

她是一段梦的追溯，一段光影的胶合，一段斑驳琉璃璀璨与凋落的前前后后。

一生予以世人的真实和幻虚，令人唏嘘，惹人生疼。让人难免生了回过头去详细究其根源与内里的迫切情愫。

她是一代传奇女子，她和她的《传奇》故事，在历经了半个世纪之后，依旧没有因她的静静离去而湮灭，而是越发地被当下关注和提及，一直被传说。

世间所有的矛盾体都会构成一道独立而又绚烂的永恒风景，比如日月、阴晴、圆缺、聚散、爱恨。情势错综复杂，情节扑朔迷离，因果反反复复地轮回。问及结果，殊途同归。

张爱玲——中国现代作家。这简单的称谓，却宛如一株摇曳绚烂的罂粟花，影响了一代又一代人，一个阶层和另一个阶层，一个世纪到下一个世纪的探究，延续。

陈克华说：“世界上有华人华文的地方，就有人谈论张爱玲。”这定论难免会让人放大对其影响力的遐思，如果时光倒流，穿越，让历史长河一一溯回聚拢，张爱玲这一笔浓墨重彩到底占据着一个怎样的要塞，风口有多高，经幡有多震动？

“世上的毒品不一定就是鸦片，茶是毒品，酒是毒品，大凡上瘾的东西都是毒品。张的性情和素质，离我很远，明明知道读她只乱我心，但偏是要读。”这是贾平凹以一位读者的角度诠释的张爱玲及张爱玲的作品。如此推崇，一声叹息。

这些也只不过是张爱玲的一个侧影描摹罢了。

张爱玲，给予世人的，或世人所执着的爱慕，用李昂的话说：“这个女人好像替我及我们许多女人都活过一遍似的。”何来不爱之？

“张爱玲的一生，就是一个苍凉的手势，一声重重的叹息。”这是现代著名作家叶兆言对她最完美、最凄绝的写真。这是她骨子里散发的初始与永恒，许了人世间一个苍凉的趔趄。

她是张爱玲。

她是旧上海没落贵族的寂寂行者，她是封建因子里浸染长大的遗少，她也是西洋镜欲幻了的名门淑媛。其实，她只是旧式父亲与海派母亲两人糅合、打磨、着色后的泠泠青瓷，不属于任何人、任何一个年代，她只是张爱玲。仅此而已。

她是张爱玲，不会微笑的张爱玲。

她或大笑，或不羁言笑。

她曾为他倾城一笑。他们的爱情，至今世说纷纭。

第三者，谁可，谁能充分定论？

“你到底是不肯。我想过，我倘使不得不离开你，亦不致寻短见，亦不能够再爱别人，我将只是萎谢了。”

她在他的阳光沐浴下冉冉而升。她在他的无情下枯萎凋谢。他曾经是她的丈夫，他叫胡兰成，他们签下过一纸婚约：胡兰成、张爱玲签订终身，结为夫妇，愿使岁月静好，现世安稳。

滚滚红尘，终究烟云作了散。一一了无痕。

她是张爱玲。一团寂寞的火焰，焚烧过去，点亮未来。

一杆旗帜，直插灵魂！

【目录】

第七卷 何故欷歔，且看连环任嗟叹

附 录

第一卷 Chapter · 01

但觉初心，一掬明月似浮萍

从入世到出世，我们的一生宛若一朵璀璨的烟火，寂寂、自由、美丽、绽放、绚烂……而后瞬间作了尘土湮灭于洪荒中，再无可循。

这来路即是归途啊，如何地了得，如何地是与不是，如何地不尽相同。但，谁能摆脱这殊途同归。

当时初心赋予谁了？

回过头去，那些阑珊深处的幽幽背影，越发清晰地勾勒了一个曾经，一次最真。

似明月，似一掬清泉石上的流韵，淙淙地，日夜地浣洗生命的来和去——而始终，河床无论多么斑驳，多么袒露，它都是原始的硬骨，承受完美世界里最终的清宁与孤寂。

入　世

爱情本来并不复杂，来来去去不过三个字，不是“我爱你”“我恨你”，便是“算了吧”“你好吗”“对不起”。

——张爱玲

有谁碰到过年仅4岁就遭遇家庭变故的不幸，有谁在年仅4岁就遭遇了母亲离家远行的不幸？幼年的心灵创伤，会对人的一生产生怎样的负面影响。人的一生，如果把这集于一身，怎么说也不能不说有点独特。张爱玲，恰恰把这些集于一身，一生的坎坷，一生的漂泊，永生永世的话题，或许，也就在这不经意间，悄然拉开了帷幕。

自打这遭际缠身，于是，一切的不确定，不稳定，便紧紧地围绕着我们的主人公。

如许的“风云际会”，又将为张爱玲不平凡的一生带来什么？

她4岁开始私塾教育，在读诗背经的同时，就开始小说创作。第一篇小说是一个家庭悲剧，第二篇小说写的是一个女郎失恋自杀的故事。1932年她在圣玛利亚女校校刊《凤藻》上刊载短篇小说处女作《不幸的她》，时年12岁。她曾在《天才梦》中说：“我是一个古怪的女孩，从小被视为天才，除了发展我的天才外别无生存的目标。”

她是天才张爱玲。让我们一起走进她传奇的一生。

上海的秋天，一时间蓄积了北方枯涸而干燥的冷流，在海风夹杂的咸咸里扑面而来，这是独特的亚热带海洋性季风气候，凉爽，潮湿。虽偶有干涩，却是肌肤时常玲珑着水分，特有的南方城市风情，空气里的因子有强烈的可触感。

这是一个秋天，与往年一般光景的初秋。

1920 年 9 月 30 日，在上海公共租界西区的一幢仿西式豪宅里——麦根路 313 号，因她的出生，许多年以后，有了众多追随者的遐思和寻究。这是一座非常宽敞，有着二十多间屋子的洋房，玻璃窗一间间闪烁着透亮的小阳光。佣人房一排置落于后院。这户人家虽已如日暮西山，而门楣却依旧一派望族的行头高悬。一声啼哭，她唱响了这个没落贵族前前后后跳跃的音阶。

她是张爱玲，又名“张煐”。她是冠冕着黄翼升玄外孙女，李鸿章重外孙女，张佩纶孙女的头衔入世的，响当当的家世背景，这样厚重的底色，为张爱玲坎坎坷坷而又拥有辉煌成就的一生涂抹了最为绚丽的色泽。

而这些色泽是如何浸透了张爱玲的生平，那得从张爱玲的祖父张佩纶说起。

张佩纶，清末大臣。字幼樵，一字绳庵，又字箦斋。直隶（现河北）丰润人。根据山东省无棣县《张氏家乘》，张氏于明永乐二年由山西洪洞移居山东无棣张家码头，八世祖再从无棣迁往丰润齐家坨村。与张之洞、陈宝箴等人交好，被称为“清流党”。清流党，晚清统治集团内部的一个政治派别。指那些标榜风节，不畏强御，遇事敢言，评议时政，指斥当道，不与权贵同流合污，深负清望的士大夫。张佩纶，便是其中一位代表人物，“四谏臣”之一。

张佩纶仪容俊雅，风流倜傥，能言善辩，少年得志。对朝中手握重权者皆不买账，包括后来成为其岳父的李鸿章他也多次弹劾，时局人物曾国藩等重臣也皆不入其法眼。他自恃一身傲骨，一番经纶，常常侃侃而谈，雄才韬略胸中卧。他喜着长衫竹布衣，闲来好狎妓饮酒，其飘逸无羁的另类装扮竟引得京城名士纷纷效仿，这就是张佩纶，典型的旧式士大夫形象。

张佩纶一生铁骨铮铮，文韬出彩，同治进士，做编修，擢侍讲，充日讲起居注官，任都察院左副都御史。中法战争初起，主战者，受命以三品卿衔会办福建海疆事宜，兼署船政大臣。1884 年 7 月 15 日，法军舰侵入马尾港后不加戒备；8 月 23 日，法舰发起进攻，福建水师覆灭，马尾船厂被毁，与福建船政大臣何如璋被褫职遣戍。1888 年获释，复入李鸿章幕。中日甲午战争期间，被劾“干预公事”，旨令回原籍，遂迁居南京。1900 年，八国联军侵占北京后，北上以编修佐办和议。因在对俄态度上与李鸿章意见不合，旋返南京，自此称病不出。

在这一段极不如意的潦倒经历中，张佩纶的妻子与世长辞。而在入李鸿章幕府后，竟得李鸿章器重赏识，李将爱女，年方 23 岁的李菊耦许配与他。当时张佩纶年长李菊耦 20 岁，生活环境极度窘迫，清贫漂浮，戴罪之身。就是在这种无法让人猜度又极不合常理的状况下，李菊耦带着丰厚的嫁妆，和一时煊赫的声势与盘根错节的影响力，嫁入了张家。

这是命中注定。其实姻缘从来不随己愿，不随人臆想。如若遇见，便是五百年修得的同船渡。又若结为连理，那是几生几世修得的圆满了。老夫少妻，如此更是当时极为传颂的一段佳话。

可也好景不长，在李菊耦 35 岁那年，张佩纶与世长辞，享年 55 岁。留有一子一女，男的便是张爱玲的父亲张廷重，时年 7 岁，有女张茂渊，年方 2 岁。整个家族就此清冷了下来。

之后，子女的教育重任，便落到了李菊耦一人身上。

李菊耦将夫君不能实现的理想和抱负，全然寄托在了儿子身上，严家教，催奋进，立志向，不能随便外出，不能这般那般地放纵，不能结交外面的纨绔子弟，以防学坏，典型的封闭的传统教育模式。给他穿花红大绿的衣裳，绝了出门的念头。据张家女仆何干回忆，那些年李菊耦在教养女儿张茂渊上，与儿子是大相径庭的，李菊耦将张茂渊作女公子来养着，思想开化，未有过多的思想拘谨和行为束缚。张茂渊是自由的，她是旧式家庭里可以延伸了出去的藤蔓，伸展了姿态。而相对于张廷重时常受母亲的挨打受骂来说，张茂渊则是幸福、幸运的“宠儿”。

如此，这种失衡的教育理念，在幼年时便埋下了祸根，伴随着张廷重的成长而根深蒂固了。尽管张廷重的教育也同步了西洋文化的熏陶与植入，但是，性格的压抑，思想的滞碍，或本身对家族理念、对中国文化的接受，最终造就出这么一位“重门深掩，帘幕低垂”的旧式人物来。

不过，从张爱玲对父亲的一些描摹可以得出结论，张廷重也是极富才情的。但终究怯懦、软弱、享乐，以致一事无成，典型的华贵公子哥、不思进取的遗少模样。

回过头去，张爱玲外曾祖父黄翼升，对其母亲家族的影响可见一斑。

黄翼升，字昌岐，湖南长沙人。清末长江七省水师提督，通常称之黄军门，所统带的五千水师归李鸿章节制，是李鸿章的得力干将和副手。在镇压捻军战斗中，为清政府立下汗马功劳，功封男爵爵位，后独子承袭爵位。黄家与李家，这两个权势大家族之间一直有着千丝万缕的关系，张爱玲的母亲、黄翼升的孙女便是李鸿章的远房外孙女，可谓世交。

黄翼升一房人丁单薄，独一子黄宗炎，而其正房夫人却一直无生养，这可急坏了黄家人。在黄宗炎走马上任广西盐道的阔差事前，家族为其在长沙乡下物色了一位农村姨太太。这位姨太太也特别争气，在黄宗炎因赴任广西水土不服早逝后，为黄家留下了一支最为珍贵的血脉，一胞两胎，龙凤子女。女子便是张爱玲的母亲黄素琼，后出国时改名黄逸梵。其后没几年光景，这位姨太太也追随亡夫而去。

黄逸梵和其弟的教育一直是黄家大夫人亲自着手教导安排的。因是黄家唯独的血脉，这位主母也算熟谙现实之人，一直将姐弟俩视为己出来养育。旧社会，只有男丁才能继承家族的遗产，黄逸梵弟弟的存在，让所有暗中窥探黄家丰硕财产的族人无从下手。

黄逸梵的教育是偏于新式的。这位旧式名门下的娇小姐，在五四新文化运动的影响下，对于外面变化着的世界是非常有好奇心的，对于西方文化和西方文明的接受力很强，个性自由，崇尚新潮。没有父亲的管教，没有母亲的啰唆，而养育之人毕竟隔了血缘这一层捅不破的暗沟，对其爱和束缚力也许仅仅停留在了责任的表层上，这是难免的。因此，黄逸梵骨子里的信马由缰因子是蠢蠢欲动的，也伴随了她整整一生，影响极深。

张爱玲父亲的传统教育模式和母亲黄逸梵开放式的教育模式，形成了鲜明的反差，而造就出来的人，差别不仅仅是观念、思想这些，就连生活方式和生活习惯也不尽相同。这是一种致命伤，无法逾越的鸿沟。在外界看来，豪门遗少和名门千金的结缘，是金童玉女的组合，难得的金玉良缘。拿今天流行的话来说，这也是所谓的门当户对，强强联姻的天作之合。

追根溯源，放眼回望，张爱玲身后积淀的家庭背景，是不一般的深重与厚实，一般人无法比拟的优质高贵血统。“张氏”家族的深深烙印，对于张爱玲的人生，张爱玲的生活，张爱玲的文学走向，影响极深极远，融进了她的血脉和骨髓里。张爱玲式文学，至今有一种无法媲美的独有魅力。

早　慧

> 我喜欢钱，因为我没吃过钱的苦，不知道钱的坏处，只知道钱的好处。
>
> ——张爱玲

胡兰成的《今生今世》里的张爱玲，有一种别致的烟火气，与人亲近、自然，周身散发着上海小女人的特有风韵。既熟络生活，也会盘算当下，不会让自己吃亏来着。爱美，喜品味的高贵女子。当然，张爱玲的爱钱，有时所谓的斤斤计较，小气，也给亲人朋友不一样的“自私”感觉。

拿抓周来说。

虽然在张爱玲出世时，张氏家族已经走向没落，但是，用人言诠释的“瘦死的骆驼比马大”来比喻这个家族，再形象不过了。李菊耦当时带过来的嫁妆为整个家族储存丰厚，足够几代人的挥霍。儿子张廷重，孙子张子静一直在其福泽荫庇下过着腐朽的堕落遗少日子，可见家资之丰。

在这么一个不愁吃穿的家庭里，张爱玲作为张佩纶和李菊耦长孙女，抓周时父母所寄望的是不一般的期许。张佩纶才华横溢，一生编撰了藏书目录《管斋书目》、《丰润张氏书目》，著录书籍600余种，著有《涧于集》、《涧于日记》等，其藏书丰富之极，是普通人难以企及的。这么一个翰墨浸染的大家族，希望子孙承袭辉煌与内蕴是理所当然的想法。然而，当文房四宝、漆琳琅满目的各种花花绿绿的东西摆放在张爱玲面前时，这位后来受人敬仰和推崇的知识女性，她抓起的物件却令人大跌眼镜，竟是一枚亮闪闪的金锭，而面色满是欢欣。在场的其他家人朋友倒是开心可乐地一笑，小孩子的抓周，程序罢了。但是对于张爱玲父母来说，当时却是极其失望和叹息的。名门女子，不是淑媛的书香气，就应该是其他偏于德行或矜持之物，而这位女公子打小毫不掩饰对于钱财的爱戴，不一般的状况。

张爱玲爱钱。人们常说谈钱就“俗”了，但是，如果我们慢慢追随她的身影，一步步走进她的内心世界，你就知道，钱对于她来说，有了另类的理解。她说：“她喜欢钱，是因为基本上没吃过钱的苦，不知钱的坏处，只知钱的好处。”

她是名门后代，但是，她一样“穷”过，穷得令人生疼。穷得在母亲去世的时候，她竟然窘迫到了连一张飞机票也无法购买的程度，母亲便如此在异国他乡孤苦伶仃地走了。

这是一种无以言语的悲哀与悲痛，让张爱玲如何不爱财？这是一段插曲，因为插曲里的伤离，让我们更为透彻地看到了对现实诸多无奈的张爱玲，她在金钱面前的真性情表露，抓周时的异样举动，还真是有一种冥冥之中的寓意，中国人这些古老的传统活动，似乎有一种神奇的力量？

在印象里，张爱玲对于上海的家是模糊的。她真正有感触和记忆的是天津英租界里的一座漂亮宽敞的花园洋房，那是张佩纶迎娶李菊耦时购买的房产。有草坪、秋千、天井，有佣人来来回回地穿梭其中，当然也配有专门的佣人各自伺候张爱玲姐弟俩。

那段时光在张爱玲印象中极为深刻。有一阵子难得的幸福时光。

1922 年，张廷重经堂房兄长张志谭（时任北洋政府交通总长）推荐并在他辖下，谋得了天津津浦铁路局一个英文秘书的职位。举家搬到了天津，那一年张爱玲 2 岁，弟弟张子静 1 岁。

张廷重至此与兄长分家而立。这位兄长乃张佩纶结发妻子朱芷芗所生，排行在二，老大早逝，年长张廷重 17 岁。张佩纶去世后，当家人虽是李菊耦，实则是已经成年了的张志潜。李菊耦和张志潜都是偏于节俭的人，不太奢华，秉性拘谨而严肃。1912 年李菊耦去世后，家族事务和张廷重都受这位兄长拘着，一直不习惯，无可奈何而已。成婚后的黄逸梵更无法适应，常常借口回娘家小住一阵。分家后的张廷重犹如放飞的金丝鸟，喜不胜喜，一时间有了自由，再也没有更为权威的家族人管束了，这也是他一步步走向堕落的根源之一。

到了天津，一家人过得很殷实。张廷重旧少习气，样样喜欢捡最好的享用，张家虽然不及以前的气势，张廷重虽然只有一个普通的工作，但是，自我装备的行头，却是奢侈而豪华的。有专门的小洋车，小洋车请有专职的司机，各方都要好的装裱。那段时间，张爱玲倒是欢喜的，有专属的保姆何干为其打点一切，有人陪着荡秋千，也有弟弟这个玩伴，还有弟弟的保姆张干，会有喜欢的乐子玩。在这样的环境里，人是小小的，世界是大大的，一切都是花花绿绿，新鲜的，在张爱玲的感触里，起初到了天津的时候，是最美的时光。母亲会一大清早叫了佣人抱她去床上玩一会儿，会教她背诵诗歌，表现不错时会逗逗她，给点好吃的，张爱玲便会得了这些吃食，在后院里，尽情地享受一天带来的欢欣与快乐。

弟弟是一个瓷娃娃，漂亮，但是显得不如张爱玲机灵、活泛。弟弟有长长的睫毛，精致的五官，白皙的皮肤，承袭了母亲黄逸梵的长相和优点。

在张爱玲看来，母亲是长相非常特别的一个女人，轮廓分明，眼睛深陷，鼻梁挺拔，头发不黑，身材高挑，有着外国人的一张面孔，让人心生好奇。张爱玲曾偷偷地对照寻思，母亲的血统里是不是有拉丁人的血缘。黄翼升家族是由广州搬迁至湖南的，黄逸梵有着高贵的气质，或者有些其他血统在里面也说不准。同时她也有湖南妹子的坚定与火辣，是一个敢为敢言的旧社会进步女性。

小时候的张爱玲，相对弟弟白纸般的“无知”（张子静那时过于小了，两三岁的孩童，对于外界的感觉是空洞的、不了解的），她对周遭的事物和人物敏感多了。

张家在天津也有些亲戚走动的。清朝最后一任两江总督张人骏，是张爱玲祖父张佩纶的堂侄，张爱玲唤这位清瘦高大的老人作二大爷。闲来的时候，佣人会偶尔抱着张爱玲去这位二大爷家串门子。二大爷喜欢静静地坐在房中的老藤椅上，默默翻着那些线装的老书本来。张氏家族是书香门楣，二大爷曾经也是风云人物，自是才学不一般。张爱玲总是喜欢黏着这位平和安静的老人家，一叫一声脆生生的“二大爷”。二大爷也是极爱这个小辈的，常常指一些字，问问张爱玲读什么，问她识多少字。张爱玲总是能将母亲教导的诗歌“现学现卖”，一股脑地背诵出才学会的还一知半解的唐诗。时不时地，引出张人骏许多辛酸因子来。张家走向没落，这是铁板钉钉的事了，毫无挽救之力。如果张人骏得知多年后这个奇女子将“张氏”门楣重新荣光了，该是如何的心境面对张爱玲呢？

二大爷家有一位清秀的，戴着眼镜的女孩子，她是张人骏的孙女，长张爱玲十多岁，两人投缘，倒是经常玩耍作弄，后来，这位小辈嫁给了患有肺病的穷亲戚，生的孩子也有肺病，一生不如意。这位曾经生长在光鲜家族的娇小姐，或许谁也没能预料到会有这样的悲惨结局。

富不过三代，物是人非事事休。

亲戚为张廷重谋得的职务就是一赋闲差事，作公差之人，为的是好些面子罢了，不太高的薪水倒是次要的。或许太无聊，又或许公子哥儿的习性如此，张廷重到了天津不久，便结识了一些酒肉朋友，有德性相投的趣味，逛妓院、吸大烟、赌钱、养小妾……换着花样儿玩耍、逗乐。这些旧社会不良习气，张廷重几乎没一样是纳下了的。就如一只放养的马匹，没人能拴住那根野了的绳头，一陷再陷的堕落、腐朽。

起先的时候，对于张廷重在外的这些龌龊肮脏事，黄逸梵是睁一只眼闭一只眼地眼不见心不烦。或许是知晓这位公子哥的本来习性，或许是不爱，又或许是骨子里新式女性的思想对此的不屑，反正，在没有蔓延到家里，摆上台面来造次的情况下，黄逸梵忍了。大部分时间与她性格相投，打成一片的，是和他们一家一道去天津的小姑子张茂渊。

张茂渊是一位有着新潮思想和开阔眼界的知识女性，她也是张爱玲这一生有所折服进而爱着、牵挂的人。在张爱玲的世界里，张茂渊占据了非常重要的位置。姑姑的一言一行，许多经典的话语，张爱玲都清晰地记得，比如：张爱玲对世人的眼光是挑剔的，而只有姑姑是智慧的，美丽的，高贵的。其实，张茂渊在现代人眼里也是颇为传奇的一个人。她是民国最老的剩女，为一见钟情的初恋情人整整等了半个多世纪。在75岁高龄时，与78岁的李开弟（老伴已故）结婚，有情人认识52年之后终成眷属，而后两人相守相偎了13年的黄昏时光，李开弟100岁去世，张茂渊93岁含笑离开了这个世界。他们的故事，让爱情真正地烙上了坚贞、执着、无畏、纯洁的美好字眼，人间真爱大抵如此吧。

黄逸梵与小姑子一起逛街、一起购物，一起学习西洋的新鲜玩意，一同进进出出。中国人自古都说姑嫂难容，这倒是奇了的一家人，姑嫂俩人志同道合，志趣相通，惺惺相惜，也就有了后来的携手出国一谈了。

带张爱玲的保姆叫“何干”，带弟弟张子静的保姆叫“张干”。她们都是张家的保姆，唯一不同的是，“何干”带的是张家的女儿，“张干”带的张家的儿子，正是因为这个小小的差别，在张爱玲眼里，产生了强烈的男女不平等的抱怨，励志要超过弟弟。

“何干”因带的是张爱玲，自觉地低了“张干”一头似的，处处让着她，这让张爱玲如何地难堪啊！旧式封建的重男轻女思想非常地根深蒂固，从普通的下人身上就能诠释和体现。张爱玲最爱荡秋千，她不怕高，不怕摔。张子静极少荡，他有些害怕，家人也怕出事，处处小心着。张爱玲身体健康活泼、嘴甜如蜜、招人喜欢，弟弟张子静体弱多病，小药罐子，胆小孱弱。俨然是一个不经风霜的瓷娃娃，一碰就易碎，女孩子般娇养惯养着。

张爱玲敏感着这些不经意的变化和发展，早慧而细腻，叛逆又倔强，小小年纪不输半分势头。常常和张子静的保姆“张干”拐着弯子斗法，主仆间的战斗也颇有许多意思。

张爱玲的幼年就是在这种丰富的人情世故现场直播下度过的。从孩童的成长经历来说，孩子在5岁前认知的世界，将对一生起着不可磨灭的深度影响，张爱玲也是如此吧。

初　心

生在这世上，没有一样感情不是千疮百孔的。人生在世上，还不就是那么一回事，归根到底，什么是真，什么是假？

——张爱玲

张爱玲4岁，张子静3岁时，张家发生了影响兄妹俩一生的深远事情。

张廷重的放纵无羁，黄逸梵的负气出走，让两个孩子从此像晴天里断线的风筝，天空再广，天空再蓝，什么都是浮云罢了。没有绳牵的线，没有心系的人，没有亲人疼爱的孩子，浮萍一般，注定一生漂泊流浪。

一掬明月终究是镜花水月中。

黄逸梵是心高气傲之人，对于丈夫的不忠，放荡不收敛，以及不思进取的遗少习气，这些诸多不满和怨恨，终究还是爆发在了台面上。

金童玉女的结合只不过是传说而已。对于传统的婚姻，像两家这样的门楣缔结的姻缘，加上亲上加亲，原本在旧式社会里是不会有更多问题的，牢固、稳定。然而，自诩也是有新派作风和新派思想的张廷重，其作风和行为实则全然是继承了父亲张佩纶的因子。才不及祖上，德不及先人，但是，上辈有的所有坏习性倒是一件不落地捡了个全。这就是张廷重，一个喜欢享乐，不受拘束，任意其行的公子哥。

而黄逸梵则不同，她崇尚自由，推崇西洋文化，有自己的新式思潮，不甘于做旧式婚姻的牺牲品。她要冲破这一坡坎，她想做中国的“娜拉”，她要走出去。或者，她已经在这个家庭中看不到希望和曙光，与她的理想和追求大相径庭了。尽管，她是两个孩子的母亲，但在她看来，自己的人生追求才是最重要的，人生只活一回，为什么不为自己活呢？

在矛盾的白热化胶着中，小姑子留学的好消息给了这个嫂子一道最为亮丽的曙光。黄逸梵决定以监护陪伴的身份与张茂渊同渡西洋。在当时社会看来，这该多么的震撼，一个有夫有子女的妇人要离家万里之外，不管不顾家庭，该是什么情况？倒是有新派的人物颇为赞赏，称其新时期的解放女性，很了不起。

张爱玲对母亲的出走作何感想呢？

黄逸梵离开时，张爱玲4岁。到底是母亲，没有母亲不疼爱孩子的。黄逸梵心生不舍，临别时伏在床上痛哭，佣人几次催促，她依旧哭，作听不见。佣人将张爱玲抱至床前一同催，更哭得伤离，似乎一辈子的委屈和不舍，今日一并还了相亲相爱的所有人。

终究是不忍。

张爱玲没哭。后来她自己回忆说：“最初家里没有我母亲这个人，也不感到任何缺陷，因为她早就不在那里了。”张爱玲的所谓“薄情”，也许就是这么一日复一日练就的。

母亲走后，父亲的生活简直上了天般的快乐。

姨太太便这样进了门。肆无忌惮地走进张家大院，尽管族人多有极力劝阻和捶胸顿足的惋惜，这位公子哥儿依旧我行我素。

之前的张廷重，在张爱玲心中，还是有很多值得依恋的尊崇形象。父亲是旧式知识分子，才情也好，常常端了文人的架子，在家中赋诗、念文、作字。张爱玲是喜欢这样的父亲的，父亲对她也喜欢，张爱玲聪慧，识字认图皆有极高的悟性，少年天才是不愧于其称号的。因此，如此令人满意的女儿，张廷重倒没有认为是女子而有所懈怠其发展，对孩子的影响浸染，最初的人文环境，张爱玲是得其父亲好处的。后来专门请了先生教育两个孩子是自然的。

张爱玲有一定恋父情结也是这么来的，母亲的远走，母亲的冷漠。父亲的亲近，父亲的教育，让张爱玲觉得在那个时期还是有归属感的。

但是，姨太太进门，一切就打破了平衡。

姨太太是风月场上之人，唤作“老八”的一个妓女。一时间，换了女主人的张家热闹非凡。这个“老八”总会以各种名目将“姐妹”招入府中聚会，乌烟瘴气不说，那些流莺燕舞的情场伎俩也会充斥这个家里。孩子是小的，环境的塑造太重要了。加上“老八”极不喜欢张子静，说这孩子像极了黄逸梵，免不了心生厌嫉，所以，气氛是不和睦的。倒是对张爱玲好些，偶尔会弄点鲜色的布料给做时髦衣裳，还会说：我比你母亲好吧？你看，谁会为你做这些漂亮的裙子了。也会带着张爱玲外出，当然，那些地儿都不是什么文雅之所，张爱玲眼里的世界也有了污浊之气在萦绕。

“老八”脾气怪，自家的侄子也不放过地打骂。侄子识字不行，笨牛一头，总是不及书香门第的孩子张爱玲姐弟俩，便不分青红皂白地给了耳巴子，常常打得孩子睁不开眼。

你说，这么一个优越的家庭，得来不易，该是珍惜吧？但这个“老八”是不会过日子的人，这样的家庭，你进去了，应该好好地将男主人伺候好了，讨了欢心，把家收拾妥帖，占了强，才可能清享荣华富贵。她却是不争气，到了后来，三天两头找气来了，时常和张廷重心生间隙，闹得不太安宁祥和。更有一次，吵闹后直接将痰盂砸了张廷重的额头，如此招致的不是张廷重一个人的怨了，族人坚决要求赶她出去。至此，这位姨太太便是自作孽，原有的富贵一时间殆尽。但是，离开的时候也不忘“牵羊”一把，带着两大车引器物离开了张家。

天津是不能呆了。

张廷重的种种劣迹，在天津声名狼藉，面子都丢在了这里，官差不保。本来亲戚为其谋得的天津津浦铁路英文秘书一职，就是闲职，拿今天的话来说，就是一吃空饷的位子，收入虽然是有限的，但是头顶的官差，却是张廷重一生中的唯一一次官差了。

这样的窘迫下，不知如何做好，便低了头，痛定思痛，修了一封书信与在欧洲的黄逸梵，声泪俱下地说自己会悔改，戒了大烟，抛了恶习，不再纳妾，认真地过日子。

也许是想孩子了，也许是漂泊太久，也许是真想这个家继续下去，这样，在外流浪了四年的黄逸梵，张爱玲的母亲携了小姑子张茂渊一同回国了。

1928 年，张廷重一家又重新回到了上海。之后，一家人度过了一段难忘的美好时光。

必　然

善良的人永远是受苦的，那忧苦的重担似乎是与生俱来的，因此只有忍耐。

——张爱玲

我们先题外话了解一个因由，以便从故事的走向探查出一条必然的路径来，电视剧不都是这么演绎的吗？故事的种种转折和变化，皆是由于内因和外因的综合搅拌、发酵而作为，实际也如此。拿张廷重一家的离津回沪我们简单说说事吧。张爱玲自己写道，1928 年全家搬迁回上海，皆因父亲姨太太的嚣张跋扈，对家庭所带来的名誉损害和家庭创伤到了无可忍耐的地步，张廷重悔改了，一时间幡然醒悟后，要重新过上人模人样的幸福家庭日子，于是乎，便有了万里之遥的家书，不用猜，都是声泪俱下的字字句句扣人心弦，不然怎能让黄逸梵怦然心动，有了恻隐之心？面上的一些冠冕堂皇大抵都是如此，彼此需要找一个台阶下，借口罢了。张子静在《我的姐姐张爱玲》一书中不隐晦地揭秘了真实，内核的引爆中心实际上是——1927 年 1 月，张廷重英文秘书一职的引荐人张志谭被免去了交通部总长一职，大靠山一下子说没就没了，树倒猢狲散，谁还认得你张廷重呢？

故此，寻了黄逸梵回家，靠着舅老爷一家的贵族势力氛围，或许，是一个最佳的选择和落脚点，由头便产生了必然。世间，有哪一个决定和想法是单纯的？

当然，也在情理之中。不能说是错误，或不对了。

好了，这个线索埋下了，我们暂且不谈及更多。回过头去瞅瞅“海龟”和“遗少”的阳光日子是如何发散开去的，又是如何在碰撞中契合、交错，织锦了一段影响张爱玲姐弟俩一生的旧上海名门轶事的。

张廷重带着两个孩子返沪后，暂居武定路一条里弄里的一座石库门房子里。黄逸梵携小姑子回来后，一家人喜气洋洋地搬到了陕西南路一幢欧式洋房——“宝隆花园”里。花园有浓郁的欧式韵味，尖尖的屋顶，有小花园装扮门庭，小壁炉洋气地造势着西洋派的风格，客厅宽敞而明亮，楼上楼下的可谓四重天构造，连储藏间也是专门布置了的。当然，欧洲人讲究的一些细节，比如进了门楣须有衣帽架、雨伞柜。这些，没有一件不周到的，完美而又令人温暖。如此看来，总以为这一家人的未来注定富足而宽裕。

回来的日子，全家的归属感是相当强烈的。张廷重、黄逸梵、两个孩子，无不欢欣雀跃。花园是最美的，大狼狗是乖的，每间卧室都是黄逸梵精心布置了的。张爱玲房间挑选的是橙色的开胃色，这色彩一直扎根于张爱玲的骨子里，一生也不曾改变。弟弟房间也作了许多巧设，其他配以的是西洋式的点缀，钢琴、窗幔，周遭弥漫了外国浪漫的情调和氛围。

家族亲友间也慢慢地有了聚拢和走动，热闹繁复，群体式地互为照应着，这是旧式贵族和名门的一个现实写意，一衣带水，都是“张氏”人和“张氏”关联的亲人们，张廷重自是欣喜的。加之与小舅子臭味相投，有一份自来熟的亲近，如此就构建了与老婆大后方阵地的稳固趋势，哪一件不是乐事呢？戒大烟！

这世界上的事，只有想不到的，没有做不到的。定义如此，必有道理。

戒大烟是张廷重下决心保证过的必做之事，家庭氛围的温馨浸染，大大地促进了戒烟的决心和信心，经过不懈地努力，终于戒掉了腐蚀身体和刺激黄逸梵心肺的毒瘾。一家人步入了正常的生活轨道，大房子里有了歌声、琴声、笑声。

姑姑着大红色毛衣，优雅、端庄，轻叩下纤细的指尖，于是，黑白下流淌出一串串优美动听的音符，母亲穿着漂亮银闪着的洋装温文尔雅地轻轻地靠在钢琴旁，吐兰匀息，歌喉颤抖而轻盈。在张爱玲记忆里，还有一对胖胖的富贵气的夫妻，常常也来家弹弄风月，他们会时不时地对白一出外国剧情，专注而又认真。姐弟俩一旁，相互对望笑着，你瞧，“妈妈回来了多好!”这或许是他们没有说出的腹语，彼此心照不宣地幸福、满足着。有母亲的孩子——像块宝!

不是吗?人人都是孩子，大人，大人们的孩子，以后孩子的孩子们，心性一致。

都需要一个稳固的家，一个温暖的窝，一个不经意的笑。或骂，也好的。不论好坏，不论贫穷与否，豪华府宅、也或披风漏雨的穷徒四壁，有亲人啊，哪儿都是故乡。

张爱玲，张子静。他们一生最美的时光，何不是父母今生今世最眷恋的日子呢?

家，是一盏高高挂着的明灯，方向也!

天才，如果有梦，经过锻造和锤炼，打磨和修剪，或许真可成就天才梦了。

黄逸梵和张廷重都不是新式学堂流水线造就的“正规军”，私塾苗子，独立培育的花红，文学造诣其实是深厚的，也是非凡的。但是，去了一趟西洋地儿的黄逸梵不这么想了，她看到的另一个世界，多元而精彩，她更看到了一个未来的趋势走向，只有提高眼界，学会吸纳，创造更新，这些新鲜的事物和人物，融合、熟谙、接纳后才能做一个新式的人，做一个纯粹的人，做一个真正的人。对于她来说，女性要解放，要有信仰，要独立而自立。但，她终究也是一个思想的巨人，行动的矮子。这个要强进步的女子，她的一生都靠着遗产过活，即使将一切的一切尽力与现实接轨，却始终有不小的差距和鸿沟，未能实现真正的自我，充其量不过是一只消耗遗产而生存的“蛀虫”罢了。

黄逸梵，希望自己的孩子，是一个适应社会的人，是一个纯粹的人，是一个她满意的人。而张子静，她无法撼动丈夫对儿子放手的教育，却可以通过自己的力量，将女儿送去西洋学校教育，也是这次她回国的心内挂记和最大的念想，她要实现她未曾实现的梦，她爱孩子，一定是！谁说黄逸梵淡漠、寡情、自我？

为了这个梦想，黄逸梵努力着，寻思着。

张子静、张爱玲三四岁的时候，已经请有私塾老师了。教授认字，背诗，读四书五经。说些故事，《三国演义》《七侠五义》《红楼梦》。张廷重也不是太过于子曰诗云式旧人，数学也教了的，英语也没落下，孩子们的教育实际上是一直在固守的城池内发芽着，葱茏着的，不然，怎么会孕育出张爱玲这么一个天才来。

张爱玲动笔的欲望一直很强烈，在识字后就开始涂涂抹抹一些文字。有一段时间，她爱上了古代故事，于是写了隋唐演义式的小说，用一个记账簿子写。只是没能坚持好心性，一页文字后便没了下文，不过，其盈动如蝶舞飞飞的思绪随时可以迸发出光彩，或许这就叫天分吧。

日子寻思着变，还是人寻思着日子变？

昙花最美，一夜绽放而枯萎。谁说它不璀璨，不是完美的一生呢，结局仅仅因为一个结果而否定过程吗？

张廷重终是不争气，一切皆是诱惑，在他看来，不挥霍，不消费，不玩乐，这算哪门子人生。

他又开始吸大烟了。

其实，黄逸梵的弟弟和弟媳也吸大烟，这两个家族，出了奇的相同，或是这样的家庭没有不相同的路径吧。

他们的共同语言，也许带了些引子，让这些陋习一再而发。有句话不是说吗，近朱者赤，近墨者黑！天天一群无事做的公子哥儿，包括他们身后的女人们，除了这些谈得拢、学得快的破事，他们不知道还能从对方的生活里瞄到什么优质精神。一个群体的没落，不单单是一个人，一族人。

黄逸梵生气了，而且不仅仅是生气，甚至是绝望了。加之在家庭开销上，张廷重一时醒悟变聪明了似的，找了些由头想控制黄逸梵的“金库”支出，希望将其财产消耗了，黄逸梵离家出走的想法便会淡化，起码没有这个经济能力离开了。但是，这些只是张廷重单方面的一厢情愿而已，恰恰惹了黄逸梵的反感。

本是凸显的矛盾，曾因一时的繁花似锦假象，却也掩盖了其快速的膨胀，但实质上却是无法隐匿的，赤裸裸地就在面前了——当初说好的戒大烟，还有一些约定，也都在无意识地慢慢打破中。

多年前就心意已决的黄逸梵，最终坚持了自己当初的信念，再没有一丝留恋的念头了。于是离婚提上了台面，她寻了一位外国律师来全权处理这事。

张廷重自是不愿意的，也调和过，无奈没有行通。当离婚协议书摆放桌前时，他的手是战栗的。这一笔杆子下去，他知道意味着什么。黄逸梵彻底地离开了，他太了解黄逸梵了。

他们离婚时，没有征求孩子们的意见，甚至没有过多地想到张爱玲和张子静会怎么想。孩子们留在了张家，监护和抚养由张廷重负责，黄逸梵倒是可以随时探视，张爱玲的教育问题必须征询她的意见才行。

之前黄逸梵就和张廷重大闹了张爱玲插班读书的事，黄逸梵坚持自己的想法。于是，寻了一个机会，她偷带走了张爱玲，到了美国教会办的黄氏小学插班入学六年级。后来张爱玲是这样描述这事的："10 岁的时候，为了我母亲主张送我进学校，我父亲一再地大闹着不依，到底我母亲像拐卖人口一般，硬把我送去了。"

张爱玲这个红极大江南北半个多世纪的名字，就是在这次报名中无意取的。之前张爱玲一直名"张煐"。黄逸梵认为这名字不响亮、不高雅，一时踌躇着也不知道在入学表上填什么。支着头想了一会，就以当时的心情和状态"ailing"作了名字，意为生病了，或身体不舒服了，译成中文为"爱玲"。这便是张爱玲名字的由来。后来，黄逸梵多次想改了这名字，因各种原因不了了之。谁会知道，道是无缘却有缘的名号，会是多年以后受人如此尊崇的。谁也没法预料生命的误打误撞，这就是命运吧！

必然与注定，其实都是很决绝的词汇，如若其余时候，我们不用最佳。

天　才

> 我是一个古怪的女孩，从小被目为天才，除了发展我的天才外别无生存的目标。然而，当童年的狂想逐渐褪色的时候，我发现我除了天才的梦之外一无所有——所有的只是天才的乖僻缺点。世人原谅瓦格涅的疏狂，可是他们不会原谅我。
>
> ——张爱玲

宽敞的洋房，一个欲坠的黄昏，不是凄凉，也不是沉落时淡淡的清浅与别离忧伤。颓废的四壁，浑浊的日暮，在男主人的轻咳声中反反复复一天又一天地来去。这不是现代人羡煞的所谓的一种潦草的线条美，这是实实在在的空壳里弥散的沉闷、了无生机的气息。还是那只大狼狗，狼狗旁的骑三轮车的小人儿，小人儿咕吱咕吱的踏板声。楼上没人出声，有书，有落落而垂下的窗幔轻微地摇荡，依旧是橘红里一抹最靓色的比对，夕阳、幕帘后或有人儿捧着书本，或是安静地涂抹勾勒一幅图。

孤独的这座小洋楼，谁在寂寞，谁不寂寞？如果说起寂寞，最寂寞无非是大闹钟滴嗒滴嗒的日日时时秒秒相同地转动。

小姑子是烈性的女子，既然哥哥已经是无药可救的一个人，一个家庭如此被拆散了，何不索性眼不见心不烦，便自己也随流而去，搬去了黄逸梵的公寓一同吃住。至此，明朗的天过去后，一夜间，这种在天津时的死寂垂暮又死灰复燃了。张爱玲不说，弟弟不言，张廷重他能说出半分什么吗？

这一家人是奇葩，他们到底缺了什么，又拥有了什么，到底想要什么，而却一生不曾拥有什么？

张爱玲一生无子嗣，张子静亦然，当然，78 岁高龄才初婚的姑姑张茂渊更不会有孩子了。这一房人，用中国传统的话说，就是真真地绝了烟火了，一脉无枝，实属少见。

但，回过头来，如若我们在这里清晰地透过这些个场景和情面看过去，如果换做你是他们，你愿意让自己的血缘人出生后饱受冷漠与凄艾吗，愿意承受心灵的干涸和人生的飘荡无依吗？都说因子的耕播，说种瓜得瓜，种豆得豆，这是理所当然的必然和最终结果，不必去幻想和猜忌，作了正常来看待，世间因果轮回而已。

回上海后一家欢喜的日子，算来不多，却是张爱玲和张子静最为珍贵的记忆片段。但真正植入膏肓的，是那些在孩子心中永远抹不掉的父母争吵、摔瓶、负气和高调的对峙声，一浪高过一浪，一次强过一次。黄逸梵说："我的心已经是像一块木头！"最后的绝语逼走了张廷重笔下未断的犹豫和希冀，也打碎了一个永远与恒久。没人再有力为此能拼凑起一个家的美好图案，想象、期待和憧憬都没有半分空白可填的余地。

觉得不过瘾，或是无所顾忌地放纵，以解其千年烦忧和苦闷，张廷重开始改注射吗啡了，每天有专职服侍他吸毒的男佣寸步不离地伺候着大烟筒子里的毒草，为他身体随时注入吗啡耗着精神。

由此，我们会想到什么，感悟到什么？是麻醉，是腐蚀。是人性的堕落，还是堕落因子的缩影？

各人各感。回过头去，我们不纠结这些内里的伸张了，再顺藤摸瓜继续深入到另一些领域或细枝末节里，再次理顺和重新寻觅一些点滴或线头，怎样地植入了年少的张爱玲姐弟俩的人生里去的，进而成为至关重要的左右因素。

黄逸梵离家时，张爱玲已经就读了黄氏小学，一周回家一次，家里的专车和司机来接送，保姆张干也会随行带着各种需要的物品物资迎送她。弟弟张子静是没姐姐这么幸运的，一直窝在家里陪着一个吸大烟的老爸张廷重。虽然请了私塾先生教学，可是谁能有正常的心理和心情去学习呢？搁谁在那地儿，估计谁都心怯，都有压力和恐惧来着。亲戚朋友是不再常来他们家了，听说张廷重吸大烟，再亲的亲戚都是有多远躲多远。现实中，一见到或知晓其是瘾君子，我们常人是不会接近的，都这个理儿，像孙悟空化了圈圈的红线，里外不破，唯一区别的是被动与主动者换位了。外面的人成心不会进入，里面的人没有几许人家接受你的到来。还好，同为瘾君子的张爱玲舅舅和舅妈倒是和张廷重原来互为“性情中人”，所好一致，如此加之就这么两个外侄儿、侄女的，自然是亲情没有撂下，不看僧面看佛面，总是有血脉相牵的。黄家孩子多，表哥表姐表妹表弟的一圈子人，张爱玲和张子静也有一竿子玩伴，还算不错。这些个兄弟姐妹也时常一起和着做一些游戏，张爱玲总有大帅风范，运筹帷幄于心尖。非特殊，自己是断然不会亲自代征出马的，都是其他姐妹们冲锋陷阵，总会将男孩子里最弱势的几个捣腾到他们投降为止，罢了，张爱玲总会取笑自家弟弟的缩头与无能。张子静从小胞浆的是惹眼的珍贵苗子，没人碰，都保护，而姐姐张爱玲又是每一次活动中的主心骨，他操哪门子的心啊，所以自主能力和指挥能力是极有限的，难免有悬殊的强弱对比。

张子静还时常装了病，逃脱学习。先生是老夫子，家里是死水一潭，姐姐已经离家去学校，空荡荡的。小小的孩子没人约束和关怀，难免三天两头的自我作了怪，佯装这疼那不舒服的，小公子有病是大事，自然休课罢学了。

才学是怎么来的，张爱玲的天才因子是如何迸发而来的？

丁俊晖不苦练不逼迫，他断然不会是斯诺克的世界领军人物之一。朗朗不勤奋，不受挫折和不琢玉雕成，何来一手曼妙的天籁音迷倒了世界各地的钢琴发烧友们。当然，开采了的也不尽然都是璞玉，但是，如若是一块璞玉得有人去认识、开采、打磨、定样、雕琢、合成，这些是一件件也少不了的大工程。

张爱玲到底是谁或者怎么样炮制出来的文学天才呢？我们只有跟随着时间的镜头和步伐，慢慢地走进一个真实的张爱玲和她周遭的人、事、物，即使不是很全面的广角捕捉和深入的了解，但是，也能在现象中诠释几分道理和原由的必然。

她是一块最美的璞玉，这是不需争辩的事实。家族遗传因子里浓得化不开的墨韵，这会子是说得通了的。连一直不被外人看得起的张廷重都是有一摞摞的书籍典藏堆了书案，中西文化相融，可见，这家人造就的书香氛围是非常自然甘洌的，从小耳目晕染在这种环境里生长发育，打骨朵的花儿都是泼墨的山水造景。何况张爱玲天生就对文字敏感而又有自我醒悟和要求。

在天津时，两兄妹接触的教书先生，因为他们还小，一时理解能力有限。但是，父母都有经常读书和朗诵喜好，在张爱玲看来，是最美的一种状态，她喜欢父亲走着独自轻吟，虽然她听不懂其中的之乎者也，但是，却是悦耳的。父亲有许多散了沉香气味的书籍，这是一笔不小的精神财富。这不是装，是真正骨子里的爱。不像现在的一些暴发户，大字不识几个，书房堪比小球场，一味地放上古董、异石、珍藏版的各种点缀，说啊——我好有格调，好有品位。这是装，装得令人生厌，贻笑大方而已。这个家族不一样，黄逸梵也博学，留学的几年里，涉及了语言、音乐、绘画等许多新奇的学科，回家后，也将这些前卫的玩意儿灌输给女儿，便请了人，重金教学张爱玲学钢琴。本来，张爱玲在文学、绘画和钢琴上是难以取舍的，也不知道自己要学哪一个？绘画自然有天赋和基础，文学自不说了，自从看了一部电影说是一个画家颓废忧郁的人生状况后，她才下定决心选择了学钢琴，钢琴是在辉煌漂亮的演奏大厅高贵的演出，这自是一般人无法及达的。

张爱玲的钢琴梦随着母亲与父亲离婚，渐渐地因高昂的学费，张廷重不那么情愿给课时费了，自爱而敏感的张爱玲，也不再问及这事，学琴之路不了了之。

而后，也就促成了她全身心地扑在文学上的自然契机。

1932 年，张爱玲撰写的《不幸的她》在上海圣玛利女校年刊《凤藻》总第十二期刊出，这是张爱玲在期刊上发表的处女作（华东师大陈子善考证）。时年 12 岁。实际上，张爱玲之前用小抄本写的连载故事，在同学们间广泛传阅，手抄本一磨再磨地损坏掉了，张爱玲是满足的，欣喜的。这是张爱玲一生最为得意的一件事了，一生难忘。

张爱玲喜欢制作明信片，遇到节日，便会一门心思地扑在这上面，她有绘画的功底，制作的明信片好看，会得到许多收件人（亲朋好友、同学）的喜欢。特别是，这个时候，她可以名正言顺地为母亲制作一张心爱的明信片，借此表达和传达思念母亲的念想，大多时候都是由姑姑张茂渊代发去了的，那时母亲已经出国。张爱玲还学着制作一些小报，照了学校的小报模子，自己设计和撰写内容，完成得非常漂亮，父亲以此为荣，有时会骄傲地在客人造访时，一起与人分享这份难得的喜悦之情，很是自豪自家孩子的天分，羡煞外人了。

这是张爱玲才情的另一面延展。她做喜欢的事细腻妥帖，要求完美，注重小节。

小事做好，必会做好大事。

琴棋书画是相通相融的，文字的造诣，触类旁通非常重要，这是张爱玲文字天赋后面的诸多营养素，不得不提的优美片段。

天才，有梦。有梦，付诸行动才可能实现。张爱玲便是如此。

掩卷秋痕

1

这面湖水
羁押的灯塔，说是，一个立秋
渔网径自打开，一桠子的橙黄，小船儿荡啊
星宿在中央，有诗经里的娘子
三寸金莲，涉水而过的鱼群，挽起她的裙裾
收割
月光

2

灯塔在青峰上
对峙。循着清凉的欲望，一棵松，一口钟
老树昏鸦
云雾里擎着，我抬头
云雀在云上拾阶而上。佛龛上
刚好
落下一滴鸟鸣

3

堆砌的物种，指不定横七竖八的
小虫爬上
墙垣。是枫红，开满山野的风
赤着脚，打着灯笼
铺就了秋天，这秋
扑簌簌，潮汐在降落
海子，和一朵花艺术着
梦般的跌宕，分明来了——

第二卷 Chapter · 02

莫道前路，百转千回人事空

道不尽这少年荒芜的孑然一身。褪也褪不了的青涩。徒伤悲，而悲从何来，又如何的杳杳无踪影了。茫茫然……

弄堂小了又小的口，谁端坐在时光的背面，是佝偻的沧桑，是奔逃的幻梦，还是不合时宜的挣扎与诉求？

是啊！回不去的，不仅仅是一段路。没了的高贵，门庭荆棘丛生，前行吧——

未知，是路，也是生命的启程，自由，比什么都来得更为光明和磊落。

我们，一生为此而活。那么的倔强、傲视、放低、沉寂，至凋落。

开　片

小小的忧愁与困难可以养成严肃的人生观。

——张爱玲

张廷重毒瘾的爆发，给这个摇摇欲坠的家带来的恐惧和无助可想而知。

接到张家仆人打来的电话，张茂渊急匆匆地赶回家，哥哥毕竟是哥哥，打断骨头连着筋。看着目光呆滞，面无神色的张廷重，张茂渊是心疼而悲凉的。黄逸梵的离去，对于张廷重的打击是深远而巨大的，这是无以言表的伤痕，或许也只有当事人自己心知肚明吧。一个家没了女主人，再好的家，它都不是完整的家，即使彼此有千错万错，有再多的矛盾和相互鄙视、攻击，那也是生活的插曲或者说协奏曲也行，反正，在对的时间遇见了错的人，又或在错的时间遇到了对的人，都是错，错，错……一个错字诠释一生的完整与不完整，而不完整其实就是完整里最为美丽的片段，因此我们的生命才有了完整。不是吗?

张茂渊是信实西医的，特别是在戒毒瘾上，她更为相信外国医疗技术才能真正地解决哥哥的病痛痼疾问题，因此，张廷重被安排进了中西医疗养院，请的是一位叫 Lambert 的法国医生作为主治医生。这位医生采取注射盐水针剂，借以稀释体内的吗啡毒素。另外还用电疗按摩他的手足，促进血液循环，使手足的功能恢复正常。张子静在《我的姐姐张爱玲》一书中仔细地描述了这个就医过程。经过三个月的精心治疗，张廷重从鬼门关捡回来了一条命，吗啡是戒了，不过大烟还是继续抽着。

当初是奄奄一息出去的，也算身板硬着回来了。佣人、家人都以为他会熬不过这一关，当初的阵仗可是吓了多少人。所以啊，这也算“张氏”家族的福分，特别是张爱玲姐弟俩，如果父亲真去了，民国时期还会出现这么一颗耀眼的文学恒星吗？不管怎样，一个人吃得好与否，冷暖均匀否，有亲人在身旁，都有无以比拟的归属感，尽管这种归属感还有一段的缺口，但是毕竟有一个家的存在啊，这就是人类存在的必然价值和毕生温暖了！

门庭的光景自是越来越差，张廷重戒毒回家后，全家搬到了延安中路原名康乐村十号的一所小洋房里，和张爱玲舅舅家明月新村只有几步之遥。两家孩子的亲近感自是接上了轨，这一做法也算是黄逸梵离开后对孩子的一种亲情补偿吧。姐弟俩有了玩伴，有了对窗外世界的自然认知，有了许多新鲜的感触体悟。

这一段还算正常自由的时光里，张爱玲与舅舅家的表兄弟姐妹们的关系处得较为融洽，那时的张爱玲个性还是很活泼开朗的，与年龄相仿的表姐走得近，邀约一起逛街、看电影等，私房话也可以时不时地交流一二，自家表兄妹，流淌一样的血脉，无法分割的亲属关系。

她们也会一起去张爱玲姑姑家。张茂渊随和、博学，范儿也是张爱玲喜欢的模子。戴一副好看的眼镜，着装温雅、大方、得体，常常是缎子细腻的旗袍，整个人精神，又不失名门淑媛的端庄，面容是姣好的，典型的中国式女子，和张爱玲的母亲是大相径庭，虽然二人都是西学的崇拜和追随者，但是，黄逸梵的长相和装扮像极了外国人，拉丁味的风韵，张茂渊则不同，张茂渊的美是东方美。兼容、娴静、内敛。但谈吐却很有思想，有独立的见解、道理和路子，不受人左右，也没有中国式的太过中和，但是有礼数之人，作为刚柔兼进，难得的一位现代与旧社会性情相结合的玲珑人儿。更重要的是张茂渊对张爱玲好，张爱玲也非常喜欢自己的姑姑，许多性情话她也会对姑姑作私房说，也会听取姑姑的意见和建议。其实张爱玲想过，去姑姑家就能直接了解到母亲在外国的最新消息，她是成了心地去，也成了心地喜欢那儿，放松、自由、快乐。对此，大家也心照不宣，也乐于这样，彼此欢欣融合着。

为了加强儿子的学业，张廷重为张子静请了一位教导古文的朱先生在家作私塾教育。先生是一位性格温和，亲切自然的读书人，与张爱玲姐弟俩谈话代入感特别强，能说上些心坎里的话语，交流非常流畅，没有太多年龄和学识等诸多所谓大小、师生的礼仪隔阂。所以，俩人有无事的都喜欢缠着这位先生说故事，讲段子。最有意思的是张子静的《我的姐姐张爱玲》里描述的片段，说："有一部《海上花列传》，书中的妓女讲的全是苏州土话（吴语），有些姐姐看不懂，就硬缠着朱老师用苏州口白朗读书中妓女说话的对白。朱老师无奈，只得捏着喉咙学女声照读，这情景和音色肯定是让人发笑了，姐弟俩听后都大笑不止。"此后，张爱玲对《海上花列传》的研究非常痴迷。到晚年，甚至翻译成了英译稿。曾一度丢失了原稿，张爱玲为此事报过警，但不了了之，没破案结果。后来，终是在遗物中发现了，这重见天日的稿子便成了读者们的一笔财富，它凝结了张爱玲毕生对这部巨作的偏爱。这些梦里梦外的故事，充满里扑朔迷离的传奇。

其实，张爱玲迷上这本书是一种因缘巧合，当时在父亲张廷重书房里看书时，无意识发现的，估计张廷重也在翻阅此书，摆放在书桌上没有收拾，于是就有了后来的许多故事。这本书是清末鸳鸯蝴蝶派作家韩子云用苏州方言写成的章回小说，描述了当时上海青楼女子的生活。在民国时有相当的读者群，胡适也极为推崇这本书。

转型的时代，关于就业、关于发展、关于未来的一切，都需要有新式知识的，受过正规学业教育的人才，他们才会是社会真正的中流砥柱，这是一个不争的事实。旧式的夫子要想混入上流或者今后的白领阶层，道路越来越窄，越来越困难，所谓的复合型人才必定会成为热门的抢手人物。1934 年，顺应并明白了新式教育重要性的张廷重将儿子送入了协进小学就读，因为张子静有一定文字基础，经过文化测试后直接插班进入五年级学习。而只相差一岁的姐姐张爱玲，同时已经升至了高一，就读于圣玛利亚女中，这所学校是美国教会学校，和圣约翰大学附属高中（中西女中）属姐妹学校。学生全部住校，学费也很昂贵。之所以张爱玲就读了这所学校，其实后来，张爱玲从母亲的碎语无心中明白了许多初衷，黄逸梵一直最疼爱这个女儿，一心想通过良好的教育为孩子创造一个美好的未来前景。二则是该校多是名媛淑女，她们的举止言谈会对张爱玲的成长起到潜移默化的引导作用。最重要一点是黄逸梵打定了主意要出国，出国便想带着张爱玲一起去，而这样的教会中学除了有西式教育的优势外，更重要的是可以获得推荐外国留学的机会，这初衷，或许黄逸梵真琢磨了许久，才下定了这样的决心。可叹天下父母心！这个入学条件不单是自己有这个资质，还有张爱玲不了解的、黄逸梵独自知晓的原因在里面，有些事当浮出水面时，或明白坦然，或佯装不晓。生活就是这样，懂得、在乎就会拖累人的心思，何不作糊涂，任由之？

按道理，这样的日子过下去，对于张爱玲姐弟俩还是不错的，毕竟有人疼有人管。张廷重是懂文会文之人，与孩子们是有些交流沟通的共同语言的，全家对于嗜书这爱好保持高度一致，家里学习氛围相当不错，与人沁香、醇厚的书墨气韵。

中国有一则《塞翁失马，焉知非福》的寓言故事，启人深思。我们在安宁里麻木地感受一切越来越好时，或许就已经酝酿了悲哀的苗头。

到了 1933 年，上海的房产升值了，一下子让张廷重重新定位了身份和身价。现在的社会里，我们当下随处一抓，这有一处房产的多是居民，有两套房产的可能是有固定收入的单位人，如若你有了三套房产，那么你一定是一个有资产的人了，不论你是做什么的，都是进入了小康社会。当然，我们这里说的房产不是乡下的小瓦房子了，是指一定繁荣的中等城市以上的房屋。张廷重有房产，不只一套吧？我们已经从上文中提到了好几处住过的洋房了。他的房产是高档的，大多处于贵族区或富人区的圈子里，所以，这样的房产不增值，绝说不过去的，说看涨就看涨的行情，谁也关不住喜悦。于是，增了厚膀子的张廷重身板总算硬了几分，和富亲戚们走动也多了。其中，有三家走得最近、最为频繁。其中一位在银行做事的亲戚，将张廷重介绍给了日商住友银行的华买办孙景阳做助手，处理与英美银行和洋行业务的书信往来。张廷重在津浦铁路局做过英文秘书的，处理英文商业信函等事务还颇内行，轻车熟路，上手也快，算是胜任和称职。这外商银行的华买办，其主要业务就是做投机、买卖股票、债券等。张廷重在这样的工作岗位上耳目晕染，也学到了许多实务，收获不小。

这是幸运砸中了张廷重的头，摊上了好事。别急，或许还有更大的幸福在后面等着呢。当然，对于他的家庭、对于张爱玲姐弟俩是否算好事，还需要慢慢去看，去体会。

变　故

笑，全世界便与你同声笑，哭，你便独自哭。

——张爱玲

幸福，人类毕生所奋斗和追求的理想、目标！追求是手段，是形式，是希冀的向往。而幸福，它到底作何状态呢？

你幸福吗？在当下，幸福指数已经成为个人、群体、城市，乃至一个国家的文明、发达、厚重等内外底蕴的集合词。幸福指数的高低，直接连上了城市人居环境的好坏与否。

现实中，平媒、网络，名人、百姓，人人都在心里自问着，或者从一个人，一个家庭，一次笑容中摄取关于幸福指数的一种表象。是的，幸福的人，面容、气色、感触各种都会有另类的展现。比如张廷重的幸福，在随着他的身价改变，地位提高，幸福也悄然而至。

考学、娶妻、生子、事成、名扬，人生无非这几件大事。

张廷重要结婚了，算大喜事吧！

即将步入婚姻殿堂的张廷重是幸福的。虽然是再婚，但女方的门庭、财势、影响力并不亚于当初的黄逸梵。毕竟在迎娶黄逸梵时，黄家的大人物与小辈们天河永隔许多年了，没有当权的实力存在。大不了是家资丰厚些，不愁吃穿用度的上等人罢了。

而新媳妇孙用蕃则不同了。“张氏”家族与“孙氏”名门，都是被人极其仰望的贵族，门庭的权势与光耀不是停留在普通的阶层里。两家都是或者曾是中央集权里响当当的一号权力实脉。这就是非常惹眼的人物了，孙用蕃到底为何人？她的连枝带节关系怎么让她顺理成章地作了张爱玲姐弟俩的后妈的，我们转过头去可以发现许多蛛丝马迹。

张廷重有了公差后，与朝夕办公的孙景阳走得非常亲近，公子哥儿，兴趣、性情相通，于是乎，应酬就多了，频繁了，对外的接触面和人群也广了，常有一种喜气洋洋的感觉。这自是全都在推荐他到这家银行上班的那位亲戚眼里，于公于私都想帮张廷重一把，便极力撮合孙景阳妹妹与张廷重的姻缘。孙景阳是谁？这关系拉扯开了，自便会提到。我们先说一个未嫁，一个离异。一个高干，一个遗少的故事。

即将结为连理的两位新人，年龄也差距不大，按照门庭和传统的世俗眼光来衡量，简直是天生一对，地设一双，佳偶天成，似乎一切都在情理中。实际上，在外人眼里，大龄青年的新媳妇还待字闺中，是有疑惑和看法的。这样的大姑娘为何没有嫁出去，还相中一个有子有女，儿女都不太小的离婚男人呢，该有内情吧？

孙景阳是孙宝琦的儿子，那么孙用蕃即是孙宝琦的女儿了。

孙宝琦何人？

孙宝琦，字幕韩，晚年署名孟晋老人。1900 年，八国联军进攻北京，随光绪帝至西安。翌年任驻德国、奥地利、法国等国使馆随员。1902 年，升任出使法国大臣。1905 年回国，代理顺天府尹。1907 年，任出使德国大臣。1908 年回国，充帮办津浦铁路大臣。1911 年初，任山东巡抚。辛亥革命时，于驻法公使任上与庆亲王联姻成为清王朝的红人（事起孙中山赴法开展革命活动，机密文件被叛徒盗取送到孙宝琦处，孙施展手腕，一面送还原件给孙中山向革命党示好，一面又与庆亲王联络向朝廷表忠）。时值山东革命党人纷纷集会，要求山东独立，并推举他为交涉长，但他竭力阻挠和反对。武昌起义之后，在山东独立实现、并被推为总统（大都督）后，他不久就宣布此系误会，变化无常。他大肆破坏独立，镇压群众，在短短 10 多天内山东独立即被取消。1913 年 9 月，任北京政府外交总长。1914 年 2 月，代国务总理。1915 年日本提出二十一条后辞职。1916 年，任审计院长。1916 年 4 月，任财务总长兼盐署督办。6 月兼汉冶萍钢铁公司及招商局董事长职务。1920年春，任经济调查局总裁。1922年1月，任扬子江水道讨论委员会会长。同年4月，任外交部太平洋会议善后委员会副会长。1924年1月，任北京政府国务总理，兼外交委员会委员长，任内与苏联建立外交关系，向德国索赔成功。1925年2月，任淞沪商埠督办。1926年任中法大学董事长。1931年2月在上海去世。孙宝琦的一生可见一斑的丰富、波澜、有嚼头。宦海沉浮，谁能没点经历，没点波折，而一直跟随他的子女，怎能没点见识，没点本事，没点自我？

孙宝琦与李鸿章、张佩纶、黄翼升有些许区别，不是那么显而易见的，其实今天看来，便是一目了然了。枝叶繁茂，人丁兴旺莫过于孙家。孙宝琦一妻四妾，子女24人（8男16女）。5个太太，16个女儿，她们中的几个之前分别嫁给了庆亲王奕劻、盛宣怀、袁世凯的儿子。可谓都是一时的权贵、高门了。

孙用蕃是庶出，孙宝琦的第七个女儿，当时已36岁。据说精明干练，善于治理家务及对外应酬，也算高门庭里秀外内中的不可多得的女子。表面看去，和她哥哥、姐姐的婚嫁比起来，这门子亲事是相当地低就了，其实不然。就凭孙用蕃此时未嫁这事来说，肯定有其因的，比如，她和张廷重倒是情投意合、兴趣相投的一对了。张廷重抽大烟，孙用蕃也抽。这样在闺中的女子就抽大烟，有几个敢娶了去，这是其一。其二，孙家门庭高，这高度，不是一般人可企及的，与之匹配的不但是富贵人家，权势绝对会有所算计在内，且公子也得有些才华和特长让人能带的出去吧？这孙用蕃便照着这个模子挑了去，就像我们挑一支饱满的麦穗一样，从进入麦田的开始，有许多好穗子可任其择，这时大多数人是不会下手的。只觉得前路肯定有更为金色的果实，而这样走下去，一次次地经过，一拨拨地放弃，到了后来，没有可下手的穗子了，高不成低不就的，如何是好。孙用蕃就吃了这个亏。也就有了这么一出迎亲嫁娶。

父亲的再婚，家庭里的重要组成部分张爱玲姐弟俩如何看待的呢？

需要看法吗？或许，现在的家庭里，父母的再婚会尽可能地与子女沟通，征得子女的同意，如此显得尊重、和谐、平等。而那毕竟是旧社会，全凭一家之主之说，子女有无意见都得执行。

当姑姑告诉张爱玲这个消息时，张爱玲觉得这天就黯淡了下去，全世界再无色彩。

许多年后，张子静从姐姐的《私语》里看到她对父亲再婚时的感受是这样描述的："我父亲要结婚了。姑姑初次告诉我这消息，是在夏夜的小阳台上。我哭了，因为看过太多的关于后母的小说，万万没想到会应在我身上。我只有一个迫切的感觉：无论如何不能让这件事发生。如果那女人就在眼前，伏在铁栏杆上，我必定把她从阳台上推下去，一了百了。"没人能知道一个小女孩当时的气愤和悲哀。

豪华婚宴如期地在大饭店举行，许多亲友都去了。张爱玲、张子静，二伯父、二伯母，张茂渊是去了的。包括张爱玲舅舅一家也亲临了婚礼现场。张爱玲和姑姑、表姐等一群女眷坐一桌，张子静与表哥、堂哥、堂弟等男丁坐一起。那年张爱玲 14 岁，读高一，张子静 13 岁，读小学五年级，他们都是处于最敏感的年龄段里。在张子静撰写的《我的姐姐张爱玲》这本书上，我们寻到了当时一些珍贵的记忆片段，满足了"张迷"们探究和了解张爱玲对父亲再婚的真实看法和心理。

这样的场景里，一边是热闹非凡的大喜事，一对新人幸福洋溢。而另一边的人却是戚戚然的无依感，对未来一下子不知所措了，寻不到一个缺口释放出来。父亲的再婚，后母的介入，打破了这个家庭的平衡。一切如常，似是又在细微里发酵着一些东西，始终令人惶惶不安。

"在世界的那一头，您好吗?"

或许，在这场隆重的婚礼上，这么一对小小的人，灵魂早飞远了。

"母亲，您想我们吗?"

"古书说不远游，不光是对孩子的告诫。也是对所有的亲人啊！母亲……"

难　言

普通人的一生，再好也是桃花扇，撞破了头，血溅到扇子上，就这上面略加点染成一枝桃花。

——张爱玲

张爱玲出生在上海公共租界西区的一幢仿西式豪宅里——麦根路313号，位于现在泰兴路（当时叫麦德赫司脱路）和泰安路（当时叫麦根路）的转角上。这座大房子的气魄肯定是不一般的，是李鸿章女儿李菊耦的陪嫁品之一。二十多间宽敞明亮的大房间，配有独立一排的佣人房，可谓贵族人家的典范。在这里度过幼年时期的张爱玲，是否有些许印象，或某些记忆呢？

其实，对于新婚燕尔的孙用蕃来说，现有新房的布置再豪华、气派，也远不及张家这座大院子的势头，无法相提并论。人靠衣装，佛靠金装。孙用蕃一生最靓丽的年华已然耗耗而去，必会梦想人生总该会出现一道雨后的彩虹，照亮人到中年的华章。享受生活，享用最好，这是她真实地想法。

于是，她想起了如今在张爱玲二伯父名下的这套老房子，租赁人刚好搬走了。便起了心思盘算着搬过去，也没好好计划这会给家庭带来的负担和开支。孙用蕃顾得上眼前，顾得上面子，是不顾“票子”的补给如何的。这是每个时代贵族哥儿和小姐们的通病，几乎不例外地都有享乐主义的意识，当然付诸行动的就举不胜举了。于是，枕头风吹着吹着，慢慢就吹热了，耳根子自然软了的张廷重答应回到曾经辉煌而又响亮的“祖屋”里，也是门楣光耀的一个大举措吧。这媳妇，之前不是说特别能干精明，会打理、会盘算的吗？事实上，耳听不如眼见，眼见只有相处后才能得以真实的答案。

当然，有些传闻没带半分虚假的。谁说孙用蕃不能干，不精明了？

从另一个侧面寻去，便一目了然。她是非常有手腕的，也是善于算计和为自己打算的人。

到了张家后，孙用蕃这位后母的作风和气派是拿捏好了的。正风肃纪，严格开支，合理分配。不但紧抓家庭的日常用度，对于张家的佣人也进行了大范围的调整和变动，做到物尽其用、人尽其力，原先跟随了张家的一些男佣人和女佣人，也择了由头和想法都打发了去，于是，顺理成章地，孙家那些合她自己胃口的男女佣人就填充进来了。

一面是享用大房子的豪华奢侈，一面是精打细算的节约日子。当然这节约不会针对自己而已。四个主人，无数个佣人，二十多间房屋，这样的队形，不知是会过日子，还是不会生活了？反正，事实如此，该高调的地方，孙用蕃绝不会委屈着低调。

好马配好鞍！家具、摆设、点缀、什么物件都得重新来过吧？搁现下，有些人搬个新房子，都得好好地配置装扮一下，即使手头再紧，再缺银两，这个钱是不能少了的，预先储备着，借也必须借来抹上脸贴了金。这是人性，这是心理，再正常不过了。所以，孙用蕃是绝不会让新家低了格调，总得陪衬些匹配的家什，加上张廷重 40 岁生日在即，更是别样的喜庆了，添了富贵，好事一桩。

至此，张家搬回老根据地大院后，与舅舅家的几步之遥变成了遥遥缈缈。那些个表兄弟姐妹们，越发与张爱玲姐弟俩说不上话了，两家自是越来越疏远。

或许，大家心里都有数吧。不用猜忌，为什么孙用蕃会强烈要求搬走呢，与黄逸梵弟弟家离得远远的？

张爱玲读高中了，不时常回家，所以，与家庭、与后母之间保持着一定的距离，疏离着招呼，距离着谈话，自是没有太大的冲突和激烈的阻梗。

几个家族情况说到这儿，许多的前前后后背景都浮出水面，许多盘根错节如影随形地植入了张爱玲的骨子、性格、生活和精神里去。

张爱玲在中学时期穿着简朴，衣服陈旧，这是无可争辩的事实。当初还是一个小小的女孩时，张爱玲就一直梦想着快快地长大，要想梳流苏头，穿高傲的旗袍，口红艳艳的，要像妈妈、姑姑一样的貌美而妖孽着，多好啊！人说张爱玲在后来成名后，就喜欢奇装艳服的招摇，其实不算招摇，喜欢就是喜欢。当然小报不会放过这样的绝佳炒作题材，总得弄点新奇的感觉、视觉等，让人去无穷想象，不由自主地会买一份记载这些故事来龙去脉的报纸。狗仔队的力量，任何地方，任何时间，任何人物都是他们猎艳题材的好机会。

可以想象，张爱玲爱美，是非常爱美。豆蔻年华的她，为何这么朴素着装，她不是贵族小姐吗？我们会慢慢提及这些里外因素。

张爱玲有一个特点，是中学时公开的秘密了——迷糊。换作今天，大多数男人都喜欢迷糊着的小女人。

张爱玲是住校生，住校生都知道一个理，就是衣食住行都得靠自己打理，自己的事情自己做，自己要用了心管好自己。宿舍是住校生一个比较聚拢而又规范的地方，有许多生活细节和规矩需要大家共同遵守，比如叠被子，宿舍环境，卫生整洁等，都是有人定期检查和考核的。

人的一生中是不是有健忘和不健忘两个词语来描述这个女人的记忆状态，不是健忘，就该是不健忘吧。实则，有许多事和现象只是相对而已。张爱玲健忘，这就是她的迷糊了。她可以记不起明早的作业该是哪些要交了，或者压根就没做。你说她这坏习惯和现在的调皮蛋不完成作业有什么区别呢？肯定是有区别的。事实证明，张爱玲每一科成绩都是出类拔萃，都是老师心肝上若隐若现的一颗芝麻谷子，都有埋存爱惜之嫌。所以，当张爱玲交不出作业的时候，也就睁着眼睛默默地放过了。一次，两次，无数次。

一句“哦，我忘了”。——我们可以去真心体味一个少女慵懒说出这句话时的姿态和表情，这话可以给予人足够的揣摩空间和想象余地。

当然，其他地方的健忘有时不一定是那么幸运的，比如宿舍。宿舍是一个公众群居的地方，有天南地北来的同学，这里不同于普通的学校，是名校，是教会学校，这里的姑娘一出校门后，不是出国留学，就是名门媳妇的候选人了，这里其实就是一个淑媛小姐的培训基地。因此，这里入驻的同学，都有相当的家庭背景，殷实的家庭丰姿，是令普通女孩子望而却步的贵族名校。这里的姑娘，都是“镶了金边”的，从衣着，从装饰物，从吃穿用度方面，都是极好的。但是，这个时期的张爱玲，用她的老师汪宏声的话来描述他对张爱玲的印象：“唱到张爱玲，便见在最后一排最末一只座位上站起一位瘦骨嶙峋的少女来，不烫发，衣饰也并不入时，走上讲台来的时候，表情颇为呆滞。”“于是我知道爱玲因家庭里某种不幸，使她成为一个十分沉默的人，不说话，懒惰，不交朋友，不活动，精神长期的萎靡不振。说起懒惰，她是出名欠交课卷的学生。”“她不知修饰，她的卧室是最零乱的一间。”这样的张爱玲，也许是大家无法想象的张爱玲吧？

窘迫似得，萎靡似得，无所谓似得，一副奶奶不爱、爹爹不疼、母亲未教养好的可气模样，怎能与日后上海滩名噪一时的红人相提并论。张爱玲是自卑，张爱玲更多的是无奈，埋下头，你们爱说什么就是什么，爱怎么看就怎么看。时常，因为宿舍不打理规范，张爱玲受到的公开待遇是——展览未做好之事相关的物件。一双陈旧的鞋子，或是其他之物，总之，都是在这座贵族学校里难得一见的朴素品。

这样的张爱玲，这种鹤立鸡群，让人如何不生疼?

孙用蕃说：“你看，这些我给你改过的衣服多好，还那么新。”

舅舅吃饭时有人说：“有几件还新崭崭的衣服，给爱玲穿吧，应该合适。”前者孙用蕃是苛刻虐待，后者家人是真心关心。只是这些话回旋在张爱玲耳际时，都是一般的刺激，顺着眼角，一颗颗晶莹剔透的泪珠经过鼻梁，滑落到碗里，在饭粒中隐没了。

张爱玲的这些苦，让她能快乐地说话谈笑吗，能没肝没肺地活着吗？她是张爱玲，敏感的张爱玲，懂得的张爱玲，熟谙人情世故、知晓世间冷暖的张爱玲。在她的眼里，或她眼里的一切，都充满了故事的想象和对生命的思考，一个手势一个眼眸，一次经历，都构架了一本本惊世之作的原型。在某一天，某一根弦上不得不引发，这关不住的，是万物生。

中学时代的烙印，各种遭遇的荒凉与冷漠，经由张爱玲洗礼、挣扎、顺应、叛逆，一层层地打磨与刻画后，演变成了一种恒久的财富，不得不说，这是一个奇迹。在天才面前，这些才能成为经典的活物，真实起来。

精神世界和物质世界，真实面孔和虚浮人生，真真假假，谁能看透、跟随、放低？

七窍玲珑心——当属传奇张爱玲。

原　来

悲观者称半杯水为半空，乐观者称半杯水为半满，我享受现在半满的生活。

——张爱玲

张爱玲的一生，因为懂得，所以慈悲。

大悯大悲之人，多有出世的通透，不食人间烟火的心境与风骨。而张爱玲却许多时候自诩乃是市井之人，活得痛快或不痛快，也同普通女子并无差别，人和人，有什么差别呢？

或许，经历是装束人一辈子的一个花筒，赤橙青蓝紫，缤纷、艳丽、绝美、忧郁、高贵，这些不尽相同的色泽诠释，植入了人心碎了去，一点点融入气质和眼神。张爱玲是高贵的，张爱玲是冷艳的，张爱玲是美丽的，这就足够了。

她是隔岸的灯火，远远地，拿捏着黑夜的呼吸，痉动间恍如一帘幽梦的轻佻，一星子便作了流行。纱笼杳缈飘摇，似是而非有看透吗？我们，依旧不懂。

想起这些美好，突然间，缺了伤悲的代入感，只想与之暂作飞舞。而后，再渐行渐近，一路同行。这些心内寄托的情愫桥段，给予了幻梦如织间的一簇簇清冽缓缓。

沉浸美好情景的同时，一场惊心动魄正在酝酿中撕开口子，决裂在眼前！

还得再次提及这个家，这个背景因素，这是反反复复的老生常谈，让我们近距离地细细地认知一个遥远而可触的张爱玲。一张张黑白片子装帧引领着过去、现在、未来，她的所有故事。

镜头一：《渔光曲》从黑白键盘上跳跃着微澜节奏，一个女孩，兴奋痴迷地陶醉在自我的世界里。一个清晨，一个大户人家，一次明媚里。如果是作普通的家庭，这是和谐的音符，一束缕缕的曦光，一串快乐的节拍，换作今天的父母，在被窝里都是笑意融融的，定会说："瞧，你看孩子多用功，多专心啦！"子女的快乐便是父母的快乐。但，对于这家人不是，女孩的琴声，佣人小胖的伴唱，惹来一顿好骂，劈头盖脸的，没有半分留情，这出口训人的便是张爱玲的父亲，这弹钢琴的女孩自是张爱玲了。当然，背后的怂恿调拨者，便是张廷重的新妻子、名门淑媛孙用蕃，琴声扰了她的清梦，当然不行！

镜头二：一个女孩苦苦地为一只猫咪求情，在父亲面前，她放到了最低，她，只是喜欢这只猫咪，只是想继续留下这个能与她朝夕相处的玩伴而已。何况，有这只猫咪在，那些吱吱叽叽的，四处乱窜的老鼠们，也会望风而逃啊。小猫洗澡，小猫捉跳蚤，与小猫玩乒乓球，彩色球一滚一滚的，逗得大家兴奋起劲，女孩弟弟也在一旁喜欢极了，气氛欢愉而自然。但，这些声音，如果是极不喜爱之人，那就是噪音，该绝了。后母讨厌，父亲无论如何也不敢喜欢的。于是，就有了女孩悲伤地诉求着。孩子们玩意儿并不多，父亲心有动摇，便将小猫的玩具彩色球没收了。没了情趣的小猫咪也慵懒了，不再活泼。快乐场景也不复存在。

镜头三：一篇《后母的心》，凭借张爱玲的文笔，自是能写得感人肺腑，至情至真，文韵流淌。孙用蕃无意间看到后，估计一时间也是眼泪哗哗地都会挤出几滴来。实际上，人都是感性动物，对于赞扬的话语，谁愿意抵触呢？更何况，似乎这些故事和情感，都是以孙用蕃这个后母的高大全形象为背景铺设而刻画的，其实孙用蕃就是认为张爱玲为自己而作。因此，在亲戚朋友间，会放大地夸夸其谈此事，父亲张廷重当然也心生喜悦。女儿多才，更重要的是女儿能正确看待和理解后母孙用蕃，并且似乎感触颇多，才有了这样的作文。当然，知女莫父的他也是心内明白这文字后面的真实，不说，人有时需糊涂几许才好。你说这《后母的心》，张爱玲真是为孙用蕃而作，认识初衷如此？有人或许认为张爱玲的习作，根本与后母无关，就一个题材罢了。有人则说确是为后母孙用蕃而写。或许，我们现在讨论这个，都不能全面地了解当时的情形，但是，作为感性张爱玲，她是很细腻很真情的人，她有人类纠结体的多面性，特征明显，所以，这篇作品我们也可以从另一种视角去理解，张爱玲心目中的后母是这样的，而盼望和希冀孙用蕃也如所写形象。是有感而发，一个综合人物写真，充满了孩子的向往和渴求，以为记。

每一个少女，都恋过父亲，这是一种天性，亲近，自然。儿子赖着母亲，这是老百姓家经常如斯的感情状况，也不是说感情有偏颇，而人类自有的异性吸引对于亲人间也如此。性格互补，刚柔融和，情趣各异，这些既明显又不太注意的小差别，也许就是父母与子女之间感情递进的小秘密，这些世间规律，亘古相传承。

张爱玲恋着父亲，这是肯定的。父亲再不济，毕竟是自己的父亲，血肉相连的无法分割的亲人，这是其一。其二，父亲博学多才，而这个博学多才对于当初的张佩纶，今后的张爱玲来说，虽无法相提并论，但实际上在那么一个文化厚重浸染的家庭里，是不显山不露水的。加之张廷重生性疏懒，对于知识和学问不好显摆，所以，自然予人的感觉是痼疾颇多的旧式男人，而这种男人大抵上是无能和无才的。我们真正地忽略了这一出，其实张廷重才学也不差。就凭书房里的陈设和布局，张爱玲经常去父亲房里搜集书看，时常能在案几上发现一些精彩本子，这还需说明更多吗？而张爱玲的才气和天才，真的就是自我的迸发吗——没有引线，没有伏笔。

张廷重对女儿的爱，有着与众不同的视角，他懂得张爱玲的脾气，懂得张爱玲的性子，所以，张廷重在很大程度上成就了一世文学天才张爱玲，这是不能剥夺的功绩。母亲黄逸梵毕竟断断续续地在身边，而母亲清瘦绝情离去的背影，是张爱玲一生也无法忘怀的。她也无法原谅和解释自己在面对母亲离去时不多言语的冷漠情怀。那是多么的凄凉在心头，道不出，还有恨，如何说，难不成她不爱母亲，不愿意自己的亲人同在一个屋檐下生活？张爱玲对此无能为力，只能眼睁睁地望着幽幽离去的身形，消失在心头的这一抹空白，一生也无法弥补和愈合。

因此，这就凸显了张廷重对于张爱玲的影响力和深远意义了。

在张廷重离婚至再婚的期间，与张爱玲姐弟，三人的学习生活有一段极为温馨的日子。张爱玲每每回家，都喜爱在父亲书房看书，她会和父亲闲谈对一本小说的看法，她的思维独特，张廷重会静静耐心地听完女儿的见解，也会将自己的看法说道出来。张子静便是一个安静的旁听者，也融入到此情此景。张爱玲最爱谈及《红楼梦》，父亲张廷重便将自己的读书心得、对人物的理解、时代背景、情节刻画等详细地为女儿解读，全家人很融洽，这是让人羡慕和高兴的。她和父亲更多谈高鹗的续写，她精细研究后，提出了两个疑问：一是高鹗在续作中对某些主要人物的形象描写，与原作相差太多。二是原书开头写宝玉梦中在惊幻仙子处看见十二金钗画册上的题诗，已暗示了她们将来的归宿，但续作并没按照曹雪芹的构想去写。她认为这是续作最大的不足之处。因此，就有了张爱玲经典的叹息："人生恨事：（一）海棠无香。（二）鲥鱼多刺。（三）曹雪芹《红楼梦》残缺不全。（四）高鹗妄改死有余辜。"一位了得的天才，原来是如此练就的。

张子静在《我的姐姐张爱玲》中这样来描述张爱玲一生中的几个重要人物对她的影响："在她发展天才梦的过程中，我母亲与我父亲的角色是推动者，我姑姑的角色则是照顾者。这三个人对姐姐文学事业的发展，每一阶段都有很深的影响。至于我，我是一个见证者。而且如今是，唯一的幸存者。"

张廷重对张爱玲的无意间却又渗透式的启蒙，于知识、世界观，乃至思维、认知、感触等，都如丝丝细螺嵌入到了张爱玲的心扉里去，点点吸纳、切割，反复搅拌、合成。张廷重的细腻、无羁、自怜、彷徨、堕落，在张爱玲的世界里，既恨又爱。毕竟，与父亲相处讨论知识和文学的时候，那种随意自然不是其他人可以相提并论的，这是一种真正的心灵契合，父女间最为暖融的感觉。她恨他，他懦弱、无能、自弃，没有守住家，守住他和他们一世的温暖、稳定。这种交错的情感，是张爱玲一生的徘徊和纠结。

张爱玲希望自己的爱人，可以长自己 5 岁到 10 岁都行，对于成熟男子的依赖，或许微微可以诠释张爱玲的恋父情结。

母亲黄逸梵与自己是不会抢夺父爱的，如果抢夺她估计会更高兴。但是，换作他人则不同了，特别是与张廷重有关系的女人，意义则不一样。

孙用蕃的出现，孙用蕃的介入，孙用蕃的入门，这些，张爱玲都可以承受，毕竟父亲是一个正常的男子，正值大好年华，不论怎样，再结合一位妻子理所当然。但是，如果一个女人抢走了自己的喜欢，或者抢走了本应属于自己的爱呢，那么，将是怎样的心态和心理，该是如何的悲伤和不满？

孙用蕃赤裸裸地抢走了张廷重，在我们拉长的镜头里，些许小事情，明了又深刻地挖掘出了这个家庭的格局。张廷重听新夫人孙用蕃的，或不是男人的软弱，是真想有一个女人和自己好好过日子吧。所以，孙用蕃的话，孙用蕃的提议，孙用蕃的不爱，张廷重也爱屋及乌地有了改变，有了对于家庭成员一子一女不知不觉的疏离和淡薄。至此，这个家庭因后母的一些挑唆，裂痕渐渐地撕开了。

人生，除了分离，伤痛的极致，更是那些出走的亲人，不记得回家的路了。

“没有比脚更长的路，没有比人更高的山。”汪国真说。

经典的，无论在哪里都是经典。就像张爱玲的传奇，注定传奇一生。

决　裂

你如果认识从前的我，也许你会原谅现在的我。

——张爱玲

“有我父亲的家，那里我什么都看不起。鸦片，教我弟弟做《汉高祖论》的老先生，章回小说，懒洋洋灰扑扑地活下去。”——张爱玲说。

如此看待父亲，是悲观，是失望，还是更多的无助，心有伤痛？

她同样厌倦了这灰色的门楣，灰色的气氛，灰色的人群，她眼里的一切开始是灰色的了，或者多年沉寂的茫茫然然，在调和、植入后散发的色泽，唯有此色可以担当。

她厌倦这个家，厌倦这种生活，但她无能为力。

每个假期，每个周末，她不得不回到这个苦闷而阴沉的地方，听两个烟鬼的一阵阵轻咳，呼吸这一团浑浊的空气。她会在这样的暮垂下做些自己的事情，自己能做的事情，比如看书、画画，遇到年上和一些节日，做一些卡片等等，最多的是写字——都是些寂寞的活路，自己的游戏，自己和着打发孤独时间。

偶尔她也作诗，父亲看后蛮是欢欣，也指点一二，与之探讨，这可能是张爱玲最喜欢最期盼的事情了。在这段黑白分明的日子，这是唯一的一抹彩，一抹朝气。这个时期的张爱玲，无论在家，在学校，都是抵触在某个角落里的一撇烟尘，灰灰的，寂寂的淡淡飘荡和沉浮，索离、孤独、自我。她的视角由此打开的一扇无形的窗，外面的世界既遥远又迫近，她在自己的城池中央，在人世间的背面，一一冷然旁观，便有了数，作了描摹，定位清晰而准确。

她要离开这儿，离开这个家，她要去一个能摆脱灰色、摆脱桎梏的天堂，自由歌唱。她是憧憬的，也有打算的，她为自己一步步地设计前景，那么美好而又触手可及，只要自己足够优秀，足够努力。

圣玛利亚女子学校，对于学生的发展和机遇都是十分有利的，出国留学的几率非常高，只要你有本事，成绩够突出，被选拔的机会许多。张爱玲一早就瞧准了这个，所以，在英文方面非常用功，常常将中文翻译成英文，熟稔后再将英文翻译回中文，如此反复便是熟能生巧的最原始也是最有用的一种做法。做什么事情其实都来源于恒心、决心和耐心，天才张爱玲亦是如此。

身在外国的黄逸梵，一直放心不下的，也许只有这个孤僻、孤独而又给予了她许多希望和寄托的女儿了。几度来去，基本都是为了一桩子事——张爱玲的读书问题。这一因素起码占据着她回国理由的最核心位置。

1937 年，黄逸梵为了张爱玲赴外国留学的事情，特地回了上海。托人约谈张廷重几次。张廷重都始终避而不见，无可奈何，最终只得由张爱玲自己向父亲提出。

母亲出面都无望的事情，自己说去，行吗?

牵扯一生的大事，最重要的是可以离开这个家，张爱玲多次鼓励自己，非说不可了。

从圣玛利亚女校毕业回家后，便也顾不上高傲冷漠的性子，张爱玲找了一个自己觉得适合的时间和空间，便当着正吸大烟的孙用蕃，诚恳地向父亲禀明了要出国留学的想法，并请求父亲答应、支持。但是，这个要求对于当时经济状况并不是很好，大项支出都用于买大烟的家庭，无疑是加重了负担，后母和父亲不用衡量和商量都会断然拒绝。事后，张爱玲见到父亲便越发冷淡了。

黄逸梵回国，自会和张爱玲相见。这时的张爱玲，和母亲之间会发生微妙的情感背离吗，或者其他?

得知母亲的讯息后，张爱玲内心兴奋也特别期待，于是向父亲提出了去陪母亲住两个礼拜的请求，父亲答应了。但是，她忽略了一个重要的人没有与之请假或告知，也为后来家庭裂痕的引爆埋下了重要的伏笔。

张爱玲后来在《私语》中回忆起后母起初在母亲提出这个出国要求后的鄙夷和不屑："你母亲离了婚还要干涉你们家的事。既然放不下这里，为什么不回来？可惜迟了一步，回来只好做姨太太！"这些话对于要强、脆弱的张爱玲来说，这个她心目中的外人如此来践踏自己的母亲，可想而知当时的气愤、难过、无奈、伤悲。无处安放的苦痛，如何释放？

我们只能感触或猜度，无法真实地走进张爱玲那一刻的心境，我们都在寻思觅迹中剥茧着人性的一抹初心，而谁最终能拨开这迷雾里最为坦白的结果？走向很明了。

在淮海中路的伟达饭店，张爱玲舅舅一家也住了进来。日军攻击了闸北，上海地区八·一三抗日战争爆发。为了躲避日军的炮火，黄定柱一家老小从芜湖搬回来后，因姐姐回国住在这个饭店，自然也就进来了。这儿最重要的是相对安全，战争无情，但是战火的延伸和波及面有时还是有一定的定数，有些地方日本人暂时不会踏进去。于是，这里就成了黄家人聚拢的一个好地方。择时择日择地，算一次无意的圆满相会。张爱玲到底高兴吗？这样的一家人，这样一次久不见的氛围，应该是欣喜，新鲜的，充满了温暖的。

实则不然。张爱玲表妹黄家瑞后来回忆说，姐姐是"一个既热情又孤独的人。"

张爱玲家与舅舅家相邻的时候，张爱玲和姐妹们一起玩耍，非常放得开，张爱玲与黄家三小姐黄家漪最投缘，最聊得好，常有嘻嘻哈哈的笑声传出，有时则是大笑。可是，在1937年初秋与母亲、舅舅家姊妹兄弟同住伟达饭店那段时间，张爱玲特别低落，不大说话。有说话，也总是细声低言的。常常拿了本子，静静地自坐在一旁，侧着脸看人，给人作素描。或不拘了其他人的谈笑，埋头写小说。图画和写字，便是她在饭店与母亲同住时每天反复做的事情。这期间的张爱玲，情绪低到了谷底，人也似乎落到了尘埃里，不知何去何从。

回到家，发生了一件意想不到的事情，从而改变了张爱玲的整个世界和未来，乃至一生。

张爱玲离家去母亲那儿小住的事情，张廷重知道，但她并未亲自和后母孙用蕃说一声。你说，一个人从家里消失两周，孙用蕃不知道吗，不知道张爱玲的去处吗？她不作这么想，你不尊重我在先，这命题是成立了的，是一个看了故事情节的人都知道。反过来说，张爱玲和后母结下的怨气，这疙瘩和郁结，张爱玲会主动向孙用蕃说要去见母亲吗？之前她那么恶毒的话如此亵渎自己的母亲，任何人也无法原谅这种行径。即使自己的母亲是坏人，是大坏蛋也决不允许诋毁和作践，张爱玲无条件地恨后母的辱骂！她与母亲血脉相连，这是至爱亲情的魅力之所在。所以，回到家后就有了这一幕：张爱玲一回到家，后母就开骂了，上前打了一巴掌。条件反射地，张爱玲拿手去挡，或者就是说自然地推出去，原本是自然的、合理的，但是孙用蕃马上大哭大闹起来，扬言被张爱玲打了，这还得了？

于是乎，不明轻重和真相（这里真相并不重要，张廷重只听孙用蕃说的）的张廷重跑下楼便一顿好打张爱玲，拳打脚踢，张爱玲没还手，自是倒在地下，张廷重嘴里还嘟囔："今天非打死你不可！"怒火一时间无法停下来。幸好，张家老仆还没有全部遣送掉，其中服侍过张爱玲姐弟的，张爱玲祖母李菊耦留下的佣人何干不顾一切地将张廷重拉开，张爱玲才得以喘气，没被打死，也才有了后来的张爱玲。

何干这号小人物，说不重要，但是，她是张爱玲从小直到离家之前成长经历最为真实的见证者，也是最为亲密的依靠之一。

张爱玲哪受过这样的委屈，于是想立刻逃离这个家，拨开佣人冲了出去，但张廷重已下令那值守的门房不准打开，钥匙也没收了。

怕张爱玲再次吃亏，仆人何干便偷偷打了电话去张爱玲舅舅家。第二天，黄定柱和张茂渊一同来到张家为张爱玲说情，顺带一并提及了张爱玲出国读书一事，孙用蕃听后更是冷言相对。张廷重和张茂渊说到气处时竟然扭打了起来，张茂渊眼镜被打破，脸上受了伤，流血不止，黄定柱便拉起张茂渊往医院赶。临行时，张茂渊为此发誓："以后再也不踏进你家的门！"

再也没有谁有营救能力了。被囚禁的张爱玲，如何度过艰难与困苦的“羁押”时光，洗涤伤口，愈合心内这条永远的缝？

世间的事，犹如落地的瓷器般，碎了。再怎么人工巧匠，科技发达，都不能挽回初衷，那开满荆棘的路径，再难，也有人循了去，不回头。

掩卷 童话

1

端坐故事背后，一尾狐
走下铜镜
体表略微小高烧。嘘——
衣袖下掩盖芳名
若唤你，可记得
三生三世的泅渡。浮生
如梦

2

抱着破吉他
大篷车很宽敞。当流莺歌唱的时候，水晶球
簪花的纽扣
我和幌子一面旗帜
去有你的地方，一城一城的呼应
故事
虚位以待

3

黄昏一直在隔壁
白纸上画圈圈。有空穴
一寸寸陷落，捅破水月亮
谁的响指
喘息忒不禁风雨
作了假寐。似魇非魇的
水镜
低眉

第三卷 Chapter · 03

试问拈花，明镜非台亦是台

佛祖一笑，且不说拈花，世人费思量。

这是一种信仰，一种传承，一种契合！得道者心领意会，门外人旁通侧敲，沉吟思悟。

错，还是对？开悟与否，我们，都是一个世界，一双眼睛，一路行走，无一例外，佛祖也是。

澄明者看山自是山，水里有无鱼虾，转瞬了了，而后也丰盈济济，常态无痕，幻觉随心。

得与失，好与坏，我和你，回溯时空，千万年定论的，只是日月交替，潮涨潮落，生与死的自然法则无法打破。无法更改的不是永恒，是永恒里的轮转彼此起伏。

然而，我们一而再再而三的，试图冲出枷锁，冲破重围，冲开束缚。则，困！

不语禅机，不闻禅音，不与禅说，不尽禅事。

何来人生不苦恼。苦来痛，痛则怨，怨生恨，人间遗恨何时休。

自讨得的。不是吗？

新　生

她的眼神泛着智慧的冷光。

——张爱玲

人生最大的幸福是什么？

你还活着，其次是你还自由着。

活着是很好理解的，人就那么一口气在，你就是鲜活之物，就还心生希冀和未来。但，自由——到底是一个怎么样的状态呢？

我们常常会听到现实中的人埋怨着：“唉，真不自由！”这里的自由或许很简单，就是一时的胸口堵塞，没有顺了自己的心意，有些人事让人觉得不畅快或短暂的淤塞中，习惯性的感觉而已。这是一种心灵的不自由，无关乎人身问题。

当然，如果演变成人身自由的束缚，那么，这里的自由就要另类地看了。一个人失去最起码的出行、交往、学习等日常生活秩序，如果这人生活在当下，那么大多数时候应该是一种被管制的状态，多为监狱囚徒，或一些特殊情形。超越了法律允许范围的控制人身自由，铁定是违法犯罪行为，不容争辩的事实。

张爱玲被囚禁了。这种囚禁无论在什么时代，都是非法的。囚禁的人都是违法者。但，这个违法者是谁？张廷重。张爱玲的亲生父亲。

限制自己女儿的人身自由，在张廷重看来，或许根本没有考虑到法律的范畴，只要人活着，没有谁会管到这庭院深深的大宅子来。那个一切都乱哄哄的年代里，死一个人，再正常不过了。当然张爱玲的身份不一样，毕竟家族庞大错综，父母前后二家盘根错节的复杂关系，她岂能轻易“去”了。

几重守卫，没有能靠近被关在屋子里的张爱玲，弟弟张子静也无法探望。房间有锁，有人把守，大门有锁，有人时时看着。如果要想逃出去，那么，还得经过大房子里许多通道，即使不是有专人看着，这也是人群集中的地方，根本逃不出家人和佣人的视线。但是张爱玲义无反顾地想到了跑，想到了离开这个黑窟窿。

这个已经不是自己“家”的牢狱，她是定了心，一定要离开。

试图过几次，都很理所当然地被严密布防的阵势请了回去，张爱玲便另想法子，将逃跑的心思收拢佯装起来，而悄悄地作一些身体的准备工作。

如果要想离开这里，必须要有一个好精神，一个好身体。逃跑难免碰撞或其他，总之强壮起来是百益而无一害。每天清晨，张爱玲便在有限的空间里，展开了自我训练。狭小的屋子不可能开展跑跳等剧烈运动，而且也不敢让其他人知晓，于是选择了缓和的健身操来练习，这也是一种固本护原的较好的保持方法。

在无望的日子里，张爱玲想些什么，还会做些什么？

一个人在最低落、最混乱的时候，我们可以想象到，起先的根无由，天空是灰色的，房子是灰色的，铅笔是灰色的，灰色下许多图案拼凑的过去时光，如一幕幕剪影，黑白胶卷放像。张爱玲一生都喜好电影，电影是她生命里的最大乐子之一。她对于电影的爱，源于自己的母亲黄逸梵，黄逸梵这位新式女性最爱的也是这个。于是，每次有好电影，或者新电影，黄逸梵就会带了孩子一起去，但也是只有张爱玲有这份幸运，弟弟张子静是少些的，可见黄逸梵对张爱玲的爱。有一次，张爱玲为了看一部新电影，竟然突发地要从在几百里外的后母孙用蕃亲戚家赶回上海。迫不得已，弟弟便陪她坐火车回去满足了这渴求，一看便是两场。张爱玲对电影的痴迷可见一斑。张爱玲的写作，张爱玲式的思维，有时觉得她一直是在以一部电影似的舒展镜头延伸，所以才有无处不精彩的与他人的不同和区别。这段终身难忘的日子，也是张爱玲沉淀后的一种安静，她的许多思想由此产生，过去不再来，未来才是真正要去的地方，走什么路，她明白了自己要做什么和自己的人生方向。

可是，当她逐渐弄清晰这些后，一场大病险些要了她的命。

说病倒就病倒。到了今天，痢疾不是一个大病，只要抗生素尽快地用上了，见效很快的。在民国时代医学并没那么发达，最重要的是知道了此事的张廷重给予的态度和措施，他竟然不予理睬，俨然的自生自灭的做法。何干着急，非常着急，而男主人是张廷重，他说话作数，她如何能改变这个行径，也只能眼睁睁地看着越来越痛苦、越来越虚弱的张爱玲。

但是，如果出了命案，何干有责任没，张廷重有责任没？如果要说张爱玲因故一不小心“去”了，谁也脱不了干系，何干首当其冲，没见过替罪羊吗？这样的事多了去了。看见这样严重事情可能会发生，何干于是寻了一个孙用蕃不在场的情形下，如实禀告了张廷重。表明如果张廷重再不采取挽救措施，出了事她不负任何责任。何干是张家祖辈留下的老女佣，说话分量不一般。张廷重这下子才急了，生怕张爱玲不小心就这么撒手了，他会背上“恶父害死女儿的坏名声”，传扬出去，不是面子的问题，是做人都没得做了。谋害自己的女儿，吃官司，牢狱之灾，受人谴责。

趁着孙用蕃不在的时候，张廷重便溜去楼下为病重的张爱玲注射抗生素，这样连着几次后，病情受到控制，大有起色，加之佣人何干精心地伺候饮食，认真调理各种，张爱玲总算恢复了元气。

之前就提到了一个小人物的大作用，看来，真是这样，何干的谏言，挽救的只是她认为应该挽救的人。而她这一挽救，是多么一个盛大的举动，“张迷”们或许都该好好地读读这一段，不为张爱玲，而是为这段深重故事的前前后后。我们可以想象，门庭高悬的背面，多少这样的故事在演绎，在重复！这是中国贵族家庭真实的写照，不管古今，现实与憧憬抵对，人性与欲望抵对，追寻与禁锢抵对。这些都是社会、历史、当下那些微分子的写真，每一次变革，都是这些因子集合、撕裂、燃烧地迸发着。从点到线，线到面，无限制扩大、影响。

张爱玲想逃跑，何干一直是心里有数的，一手带大、抚养的孩子，想什么，做什么，什么性格和模子自是清楚，这也是作为佣人应有的眼色，不然如何在这大户人家做长久。

何干很担心张爱玲的逃跑。张爱玲逃跑带来的后果，何干一清二楚。

于是寻了机会，何干对张爱玲劝道："千万不可以走出这扇门呀，出去了就回不来了！"当然，许多话真心的贴心的对张爱玲负责的话，也许张爱玲在她的《私语》里没表达完全，但是，她对这个影响她一生的女佣是感激的，非常的感激。

张子静知不知道姐姐想逃跑？估计张家上上下下许多人，特别是亲近张爱玲的人都知道吧？反正没人告密这事，说明大家对张爱玲的同情和喜欢。也有的事不关己的观望着，毕竟张廷重才是真正的主子，不去趟这片浑水绝对是好事。

1938 年初，将近旧历年的时候，过年的忙碌和喜庆也许将整个氛围松懈了下来。趁两个警卫换班的空当，张爱玲实施了逃跑计划，并且非常成功地逃走了。

张爱玲的逃走，一干人肯定受罚，首当其冲的是老佣人何干。她被张廷重大骂一顿后，送回皖北养老去了。这样的安排或许都是看在她服侍张家三代人，看在李菊耦情面上特殊的照顾。张爱玲逃跑牵连的不但是张家那边的佣人和其他。逃出去的她何去何从？她的监护人是张廷重，她的学费、生活费是张廷重一直承担的，就是说她的经济支柱是张廷重，出了这门，张廷重会继续给她经济支持吗？

黄逸梵对此事一直很清醒，知道了张爱玲在张家的近况，便托了人带话给张爱玲。张爱玲在 1945 年《天地》月刊第十九期发表《我看苏青》时，曾有如下一段文字："从父亲家里跑出来之前，我母亲秘密传话给我：'你仔细想一想，跟父亲，自然是有钱的，跟了我，可是一个钱都没有，你要吃得了这个苦，没有反悔的。'当时虽然被禁锢着，渴想着自由，这样的问题也还使我痛苦了许久。后来我想，在家里，尽管满眼看到的是银钱进出，也不是我的，将来也不一定轮得到我，最吃重的最后几年的求学的年龄反倒被耽搁了。这样一想，立刻决定了。”

要离开张家，黄逸梵要求张爱玲想清楚了，人生的决定一旦实施了，再没有了回头的路，只有一股劲地往前走，承受决定后的各种。而这些决定或许会影响她一生的命运，一切都将改变。

承　受

我们生活的这个世界，大多数事情超出我们的理解之外。

——张爱玲

逃出"张家"大院的张爱玲，痛生失望，心灰意冷，恨意丛生——如此来描摹绝不为过。一个少女，承受的不为人知的家庭暴力，而这家庭暴力的根究溯源，太多道不清、说不明。该怎么来定位这段经历和这段经历所造成的心灵、精神创伤？我们任何人都不是当事人，都没有资格去评述当时情形，我们只能在张爱玲的只字片语中找寻一些蛛丝马迹。还原她真实的心境。一则报纸刊登的新闻，标题是这样的："What a life! What a girl's life!"（"这是怎样的生活！这是怎样一个女孩的生活！"）文章内容自是不同凡响了。不知道当张廷重看完后会作何感想。他是一直订阅这份报纸的。张爱玲选择在这份报纸投稿，目的很明显，一是张廷重能看到，二是美国人办的报纸绝不会将这个故事给"吞"了下去，会将原稿一字不漏地传递到该知道的人和人群里。这就是张爱玲，敢做、敢揭短的张爱玲。性格的极端是如何的逼人，迫得人只能利用媒介的喉咙来呐喊，来泣诉心里的不平。张爱玲是叛逆的，敢作敢为。她也是懂得如何用更好的途径和方法做成一件事的。她懂社会，懂人性。她世俗，清傲。她成熟，也有淘气的一面。当她在直视一端的侧影时，脑海里便有了世界的不同变幻，她眼里总是充满了别样的感知和醒悟。

这件事再次被提及，是 1944 年 4 月张爱玲与几个女作家聚会时说的："第一次的作品是一篇散文，是自己的一点惊险的经验实录，登在1938年的英文《大美晚报》上。"不避讳，不刻意。张爱玲一直遵循如是说，这就是她的性格。可以从这些词语里清晰地看出，张爱玲对生活，对事情的淡然和放下，这是一种境界和修养，或是不屑。

试想，当时看到这篇文章后的张廷重肯定大动肝火，怒气冲天是在所难免的。但这时张爱玲已经逃离了家中，他也只是自我发泄一阵，自己生自己的气罢了，能如何？

逃是逃出去了，张爱玲这一刻的解放，却引来了今后许多的困难。去投奔母亲，这是自然，也是肯定的。黄逸梵对女儿的到来作何感想，其实可以随着一些相处，共同去感觉和体会。母亲爱孩子是自然的，但是，那得看母亲的经济承受能力了。黄逸梵一直靠变卖古董过活。和弟弟一起分割黄家的财产时，弟弟主要继承地产，她要了古董和首饰。或许是想古董在外国较为值钱，容易携带出国门，而固定资产一点也不活泛，一时想处理掉很困难。因此，我们可以看出黄逸梵最终的打算和心思，是决定好了要去国外定居的。多了一张嘴，黄逸梵得重新定位生活，不简单是吃穿的问题。女儿的出国留学经费，基本是落到了她头上，而要想真正能走出国门去留洋，张爱玲目前的功课还是不够的。这事到了这份上，多的钱都会出，何况少的呢？于是黄逸梵便请了一位犹太裔的英国人为女儿补习数学，价格每小时5美元，这个价格在今天，可能不以为然，但当时就不一样了。而如今的补习质量也不能同日而语，灌输式的，孩子长不长进与补习老师关系不大，大多批量作业。花了代价的结果非常好，张爱玲在参加伦敦大学远东区的考试时，以第一名高居榜首，取得了留学资格。不得不说，这个家族的血统如何的了得，遗传学告诉我们的科学定论，多数演变和承袭的基因是极好的。天不待人。不眷顾了，上苍也学会了开玩笑。在今后还会有许多的玩笑在一代传奇张爱玲身上体现。让她如何不传奇！张爱玲的发奋图强，没能让她如愿拿到伦敦大学的入学通知书，原因是欧战爆发。不过，还好可以改签香港大学，也算是无可奈何的慰藉吧。在女儿一心留洋的事情上，黄逸梵是一直占主导的，包括张爱玲的学习路，都是黄逸梵一手牵引的，不得不说她的用心良苦和希冀之心。张家自张佩纶去世，李菊耦管家开始，尽管大事都是放权张佩纶的二儿子去做，但是，李菊耦的强势权威是没人能撼动的，她在李家时就是李鸿章的助手，李鸿章特别喜欢这个女儿，时有需要处理的内务函件也会偶尔让她帮手，所以一直到了23岁也未嫁，李鸿章舍不得，更舍不得她嫁了他不欣赏之人。到了自己的女儿张茂渊的教育，她作了公子打扮，叫佣人呼其为“少爷”，可见她对女子的重视，这种思想的影响，以致后来自己的媳妇也是新式的人。出了奇的一家人。而这两代女人的婚姻，没一个是圆满美满的，一个夫君早去，一个离婚，终于看着有一对有情人吧，也心生许多间隙。对于张爱玲，从姑姑的关爱里，从母亲从小到大的培养里，都可以分明地看到一条主线，希望培养出一个自强、独立、自爱的张爱玲来，希望她能有一个完美的人生，嫁一个如意的郎君。黄逸梵一直不惜代价送张爱玲去贵族的女校为何？气质、高贵、知性，见多识广的女子只有名校才可能产生。黄逸梵最终的思维还是固定在要为张爱玲寻到一位好夫家的模板里，她也没跳出这个局限。和张爱玲生活一段时间后，黄逸梵内心或许发生了细微变化。张爱玲是从母亲的一些言语中感觉到的。先是张爱玲不会打理自己的生活。黄逸梵和小姑子是一同去过外国几年的人，吃、穿、行、学都靠自己一手一脚去完成，自理能力肯定不错的，尽管是大门庭出去的千金小姐，外国哪管你是谁不是谁，因此，独立性强。而张爱玲则不同了，一直是跟在父亲后面成长的，家中有佣人照料一切，哪用得着自己动手？即使住校，也是懒散人了，没有更多的与普通人的生活接轨，当这一切陋习展现在母亲面前时，黄逸梵和张茂渊经常教导她最简单的生活常识，如：洗衣服，做饭，买菜，搭公交车，省钱等，后却毫无改变、进展，黄逸梵彻底失望了。黄逸梵一直要强，也有湖南妹子的火辣。即使自己是缠过小脚的，她也要穿皮鞋，摩登时尚，不输了半分勇敢。在外国，学会了滑雪、游泳，她将在阿尔卑斯山滑雪和穿泳装的照片给亲戚看，颇为得意。黄逸梵为张爱玲付出的，只有内心清楚，张爱玲有时能隐约感觉和感知一二。其实，黄逸梵这样的女人，尽管离婚了，以她的性格，寻一个兴趣相投的人走进结婚殿堂是很容易的，漂亮、前卫、热情洋溢的她。男友是有的，黄逸梵也在某次带回了中国，只是一直未婚，或许有许多不为外人道的想法吧。

张爱玲是这样揣度的：“看得出我母亲是为我牺牲了很多，而且一直怀疑着我是否值得这些牺牲，我也怀疑着。”“这时候，母亲的家不复是柔和的了。”后来，据张爱玲的表哥向张子静透露，母亲黄逸梵的外国男友是一个美国人，做皮革生意的，40 多岁，长得英挺俊美，名字好像叫维葛斯托夫，后来死于新加坡的战火。男友去世后，黄逸梵在新加坡苦撑日子，损失惨重，一度行踪不明，与家人失去联系。后来才知她去了印度，做过当时与甘地积极推动印度独立的尼赫鲁（后来曾任印度首任总理）姐姐的秘书。黄逸梵应该是深爱着这个男人，他的离去对黄逸梵的打击可想而知，影响巨大。其实生活就是这样，没个定数，人生如此，美好或瞬间而逝，宛如镜中花、水中月。对于张爱玲，黄逸梵作何感想，这女儿是优秀还是不优秀，没人清楚她当时的想法。天才张爱玲，同样有许多我们见不到、猜不到的缺点和顽症。她同样也是一位普通女子，是一个禁锢在高门庭内，生活在市井中的人罢了。我们常常说，人有多优秀，缺点就有多突出。这是一种真实的写照。张爱玲在上海的生活就这样告一个段落，但是，关于在上海期间的写作天赋，似乎还是提得太少，需要再追溯回顾一下。

华　章

回忆这东西若是有气味的话，那就是樟脑的香，甜而稳妥，像记得分明的快乐，甜而怅惘，像忘却了的忧愁。

——张爱玲

如梦令
常记溪亭日暮，
沉醉不知归路。
兴尽晚回舟，
误入藕花深处。
争渡，
争渡，
惊起一滩鸥鹭。

我们译成通俗的文释为：还时常记得出游溪亭，一玩就玩到日黑天暮，深深地沉醉，而忘记归路。一直玩到兴尽，回舟返途，却迷途进入藕花的深处。大家争着划呀，船儿抢着渡，惊起了满滩的鸥鹭。这是我国著名宋代女词人李清照一阙描述少女时期出游的佳作。全文寥寥几笔，惜墨如金，却随意自然，又有呼之欲出的沉醉兴奋之感，不乏深意其中。行文流畅，清泉石上流的惬意，言尽而意不尽。

《不幸的她》，张爱玲于 1932 年在上海圣玛利女校年刊《凤藻》总第十二期上发表的处女作。文字亦是写有少女的天真烂漫和纯粹自然。但，与李清照颇为不同的是，张爱玲这篇作品以小说的形式展开故事，描述了两个少女的半生不同精力，结尾是沉重的。

先来比对一下她们相同之处的幸福笔触。“秋天的晴空，展开一片清艳的蓝色，清净了云翳，在长天的尽处，绵延着无边的碧水。那起伏的海潮，好像美人的柔胸在蓝网中呼吸一般，摩荡出洪大而温柔的波声。几只洁白的海鸥，活泼地在水面上飞翔。在这壮丽的风景中，有一只小船慢慢的掉桨而来：船中坐着两个活泼的女孩子，她们才十岁光景，袒着胸，穿着紧紧的小游泳衣服，赤着四条粉腿，又常放在船沿上，让浪花来吻她们的脚。像这样大胆的举动，她俩一点也不怕，只紧紧地抱着，偎着，谈笑着，游戏着，她俩的眼珠中流露出生命的天真的诚挚的爱的光来。”我们不得不钦佩这么一个天才，描述得如此洁净一片的世界。碧水长空，在她眼里，一切起伏飘荡宛若诗意般的纹泽，谁能想到用“美人的柔胸在蓝网中呼吸一般，摩荡出洪大而温柔的波声”来形容海潮彼此起伏的美妙吗？再往下瞧，“她们才十岁光景，袒着胸，穿着紧紧的小游泳衣服，赤着四条粉腿，又常放在船沿上，让浪花来吻她们的脚。”诚然，上面提到的李清照的《如梦令》堪称经典词章，但，张爱玲这一小段作文，几人能超越此境界？况且，当时，张爱玲只有12岁。

这两位伟大的女文人，她们的出生和经历都如出一辙，颇为少见的相似路径，都如天上的星宿，闪耀永恒。

《不幸的她》描写的一对少女时代的密友，长大以后，一个为反抗母亲为自己订的婚姻而漂泊四方，一个自由恋爱结婚后过上了幸福的生活。十年后，两人相见，一星期后，“不幸的她”悄然离去。因“不忍看了你的快乐，更形成我的凄清！”

“别了！人生聚散，本是常事，无论怎样，我们总有藏着泪珠撒手的一日！她坐在船头上望着那蓝天和碧海，呆呆地出神。波涛中映出她的破碎的身影——啊！清瘦的——她长吁了一声！一切和十年前一样——人却两的！雍姊，她是依旧！我呢？怎么改得这样快！——只有我不幸！’暮色渐浓了，新月微微的升在空中。她只是细细地在脑中寻绎她童年的快乐，她耳边仿佛还缭绕着那从前的歌声呢！”清绝的背影，缓缓而去，我们可以想象到，从欢快的童年开始，充满希冀开始，两位少女憧憬的世界，在多年后，因不同的选择而产生了不同的人生际遇，是对还是错了？

小说里，我们分明见到了一个叛逆的身影，追求自由的身影，黄逸梵的形象清晰而明显。或许，还有张爱玲自己凄然的自画像吧。

到了《牛》这篇文章，开始向男性权威发出挑战，小说的女性意识由原来的模糊逐渐变得清晰。人物禄兴娘子有了反抗男性强权的意识和勇气，但是，禄兴娘子反抗的结果是当禄兴死后，“她觉得她一生中遇到的可恋的东西都长了翅膀在凉润的晚风中渐渐地飞去。”女性对男性强权的反抗因为女性依附男性的根深蒂固而宣告失败。

“黄黄的月亮斜挂在茅屋烟囱口上，湿茅草照成一片清冷的白色。烟囱里正蓬蓬地冒炊烟，薰得月色迷迷镑镑，鸡已经关在笼里了，低低地，吱吱咯咯叫着。”“禄兴衔着旱烟管，叉着腰站在门口。雨才停，屋顶上的湿茅草亮晶晶地在滴水。地下，高高低低的黄泥潭子，汪着绿水。水心里疏疏几根狗尾草，随着水涡，轻轻摇着浅栗色的穗子。迎面吹来的风，仍然是冰凉地从鼻尖擦过，不过似乎比冬天多了一点青草香。”——月亮，茅草，炊烟，绿水，穗子……在《牛》这部仅有几百字的小说中，描摹的众多的物种，让整篇文字清疏活泛起来，虽是悲情的主线，但欣赏的视角却是多面的享受，与众不同。《牛》是1936年张爱玲在上海圣玛利亚女校《国光》创刊号上发表的第二篇作品。当时《国光》杂志邀请张爱玲去做编辑，张爱玲婉拒了，答应投稿，但也是每次被催得实在过意不去了才动笔。换作今日，一个编辑职位多少人挂记着，争得头破血流的也有，何况民国时期，学校的杂志并不多见，实属看重她，但这就是不一样的张爱玲，她无动于衷。

还有一件事也不得不提，就是张爱玲的同学张如谨。她也喜欢文学，曾是圣玛利亚校刊《凤藻》的编辑，高中的时候就写过一部长篇小说《若馨》，张爱玲还在校刊上写过一篇《若馨评》。她家在镇江，寒暑假都回家住。但寒暑假中，总要抽空到上海一两次，来找张爱玲聊天。每次一聊就是好几个小时。根据她们的老师汪宏声的回忆，张如谨后来结婚了，不再写作，为此，张爱玲在毕业年刊上的调查栏里，关于“最恨”一项，她写道：“一个天才的女子忽然结了婚……”

后来，张爱玲曾在《存稿》一文中提到她：“我有个要好的同学，她姓张，我也姓张；她喜欢张资平，我喜欢张恨水，两人时常争辩着。”天才，扼腕时的阵痛，莫过如此。

到了1937年在《国光》第九期发表《霸王别姬》，张爱玲的小说日趋成熟，层次和思考更上一层楼了。女性对自我生命的关注视角由对男性权威的控诉和依附转向了对女性自身存在形态的反思，女性开始感觉到由于依附男性所带来的女性自身话语甚至是价值的丧失，为了显示自己的存在，女性在反思的基础上有了行动的抉择，即走向自我毁灭。

“远远地，在山下汉军的营盘里一个哨兵低低地吹起画角来，那幽幽的，凄楚的角声，单调、笨拙，然而却充满了沙场上的哀愁的角声，在澄静的夜空底下回荡着。天上的一颗大星渐渐地暗了下去。她觉得一颗滚热的泪珠落在她自己的手背上。——啊，假如他成功了的话，她得到些什么呢？她将得到一个“贵人”的封号，她将得到一个终身监禁的处分。她将穿上宫妆，整日关在昭华殿的阴沉古黯的房子里，领略窗子外面的月色，花香，和窗子里面的寂寞。她要老了，于是他厌倦了她，于是其他的数不清的灿烂的流星飞进他和她享有的天宇，隔绝了她十余年来沐浴着的阳光。她不再反射他照在她身上的光辉，她成了一个被蚀的明月，阴暗、忧愁、郁结，发狂。当她结束了她这为了他而活着的生命的时候，他们会送给她一个“端淑贵妃”或“贤穆贵妃”的谥号，一只锦绣装裹的沉香木棺椁，和三四个殉葬的奴隶。这就是她的生命的冠冕。她又厌恶又惧怕她自己的思想。”这是17岁时张爱玲作的《霸王别姬》，娴熟饱满的笔调，沉稳别致的手法，反思另类的视角，诠释的人物深刻到位，也不同凡响，推翻了千百年来为爱宁做牺牲，只为项王而活而存在的虞姬形象。

“我比较喜欢那样的收梢。”变成了张爱玲的经典语录之一，谁懂？

年少的张爱玲，这撼动的文字，如何修成的大气、豪放、细腻、深沉，而又有些许的婉约清绝，让人爱不释手，一读再读。

张爱玲式的文字烙印，一脉独枝，无与伦比地风华绝代。

让人爱，让人疼，让人欢喜让人怨。上天怎么不眷顾这么一位才华卓绝的女子呢？

如　是

一般地说来，活过半辈子的人，大都有一点真切的生活经验，一点独到的见解。他们从来没想到把它写下来，事过境迁，就此湮没了。

——张爱玲

“香港的陷落成全了她。但是在这不可理喻的世界里，谁知道什么是因？什么是果？谁知道呢？也许就因为要成全她，一个大都市倾覆了。成千上万的人死去，成千上万的人痛苦着，跟着是惊天动地的大改革。流苏并不觉得她在历史上的地位有什么微妙之处。‘如果不嫌拟于不伦，只要把其中的‘香港’改为‘上海’，‘流苏’改为‘张爱玲’，我看简直是天造地设。”柯灵在 1984 年《遥寄张爱玲》里引用的《倾城之恋》中的一段话。这一段话后经读来，许多意味和不甘，又直言坦白内核。

张爱玲文学道路中，除了不平坦和荆棘横生的磨难，一路上始终有一盏或几盏光亮为她而擎，这温暖和力量不予言说，或许多年后大家都心照不宣地记起了某些不为外人知晓的片段，与她的小秘密——如今已经不是秘密的秘密了。

柯灵算一个，容后补述。

先说在“香港大学”念书的张爱玲。

去香港念书，姑姑和母亲早早地打点好了一切必备的需要。监护人委托的是张茂渊当时的好友李开弟，也算因缘一桩。恰好逢李开弟也去香港做工程师，缘分不由分说地简单，极好。

英国留学梦破灭的张爱玲，乘坐的船依旧穿行于辽阔的蔚蓝间，也有海鸥。风向的轴心已然微微在前方，没有偏离太多的精彩，遗憾是忧郁的，未知是墨染的铺开，一点素笺，依旧可以粉饰人间山水，落笔珍贵。

李开弟自是认真责任的人，接到张爱玲后，将入学手续等一切与学习有关的事情安排好后，才算妥当。这男人值得张茂渊为他孤身守候半个世纪，肯定是好的，值得信赖的。

香港大学在东南亚的华侨心目中是一所优秀的学校，因此，他们的子女，或者有钱人家的子女，都乐意送到这里深造。除此外，本埠的，上海的学生也不少。和高中的情形一样，张爱玲的处境，在这种阔绰人群的背影里，显得灰色和单调。一心只读圣贤书，如此，可有机会再深造英国的大学，张爱玲为自己设定了目标，便付之行动。但凡张爱玲决定的事情，基本都成一种定式，非不可。

奖学金可以减轻母亲的负担，这是最重要的一环，尽管黄逸梵已将学习期间的费用转到了李开弟账户里，但是张爱玲一直自觉地少动少支，奖学金在这几年的学习生涯中，为张爱玲思想和实际减轻了许多的困难与困扰，精神的满足来得更为有底气和坦荡，自己可以通过努力养活自己，改变未来。这样的壮举极大地鼓舞着年轻上进的张爱玲，许多曙光宛若萤火，亮晶晶的，充满了诱惑的捕捉。

而在张爱玲不闻窗外事的世界里，一场战火一场战火的持续延伸，没有终点式地扩散着。这人间炼狱，波及范围和人群几乎是整个地球了，全世界硝烟熏染的空气到处弥漫污浊，血腥，恐惧，无助，中国大地也是如此。但是，各种因素的牵连，香港在20世纪30年代并未受到战火的侵袭，实乃奇迹。于是香港也就成了许多人梦寐以求的避难天堂，也是中国文学的洞天福地了。人身安全得以保障，大环境安静在纷乱的空当里，便激发了人的创作激情和欲望。幸事！

这样的日子，张爱玲住在“象牙塔”里，小天地只有梦想和学习。先生里有一位教西方文学的非常有绅士风度的老师，他喜欢漫谈莎士比亚，说着说着，便弹出一支雪茄点上，开始自我沉醉起来。张爱玲古典文学底子深厚，遇到投缘的夫子，便算遇上了“知己”般，会认真地倾听先生的讲义。教她的这位先生长袍一袭，颇有仙风道骨的长须飘冉，楚辞，唐诗宋词，一派古代遗风的作派。张爱玲骨子里古灵精怪，实际上她更喜欢特别一些的人物，比如有一位叫佛朗士的历史教授她最推崇。这教授头发稀疏，一双瓷蓝的眼睛，孩子脸的肉红，下巴圆，喜欢系一块颓暗的蓝绸作领带。喜欢上课时抽烟，烟雾如一根黑柱子冲出，一直这么叼着，有时随意一甩，不知作何方向，难为了女生们的发髻时时提心吊胆的。

远离了亲人的张爱玲，在学术气氛浓厚的校园里，似乎找到了一种心灵的归属感，并在一步步地实现着自我的价值，或者正在实现最高价值和理想的路途中。

她把更多的业余时间投向了图书馆，投入到书籍的海洋中，探索、寻觅未知的领域和知识。她总想自己好好地织造一件梦的衣裳，一张牢不可破的网，信心和耐心十足。

大学的图书可以捡漏的非常多，张爱玲喜欢穿梭在书架前，她总能在那些发霉、陈旧的书籍里发现另类珍珠：关于历史的，关于外国的，关于典籍的……太多的欢喜一触而发，与书行走，与人说话，隔空交换心内的真实，分享彼此的懂得，这是多么的惬意啊！而来自天南海北的同学，偶尔会在沉静的书桌前讨论心得，这个时候的环境是那么的清新，散发着书香的凝浓。张爱玲会静静地不说话，倾听同学的发言，从中受益或读懂。

现实中的我们常常嘘叹这世事无常和虚无，若能得一二知己，一生足矣。

在张爱玲一生中，称得上知己的，第一号得排上她——炎樱。

炎樱说："每一个蝴蝶都是从前的一朵花的鬼魂，回来寻找它自己。"

炎樱说："月亮叫喊着，叫出生命的喜悦、一颗小星是它的羞涩的回声。"

炎樱说："非常非常黑，那种黑是盲人的黑。"炎樱在报摊上翻阅画报，统统翻遍之后，一本也没买。报贩讽刺地说："谢谢你！"炎樱答道："不要客气。"有人说："我本来打算周游世界，尤其是想看看撒哈拉沙漠，偏偏现在打仗了。”炎樱说：“不要紧，等他们仗打完了再去。撒哈拉沙漠大约不会给炸光了的。我很乐观。”

说是物以类聚，人以群分。或许大家终于明白了这个词语的内涵了。

怎么样的一个人能与张爱玲成为知己呢！瞧了，就是这味，这嬉皮的人。炎樱何许人也，竟得张爱玲喜爱，甚至张爱玲与胡兰成一纸婚约，都是炎樱在旁证婚的。可以想象，这个姑娘在张爱玲心目中的地位和信任程度了。炎樱有着不一样的家世。炎樱的中文名字是张爱玲为她取的。炎樱姓摩希甸，父亲是阿拉伯裔锡兰人（今斯里兰卡），信伊斯兰教，在上海开摩希甸珠宝店。母亲是天津人，用今天的通俗语言俗称——炎樱是一位混血儿。后来炎樱进了上海的英国学校，是校方指派的学生长，品学兼优外还人缘好，能服众。这样优秀而可爱的姑娘，与张爱玲投缘相知，就自然了。

再一则小插曲，一同来考证张爱玲心中的炎樱位置。胡兰成说：“爱玲从来不牵愁惹恨，要就是大哭一场。她告诉我有过两回，一回是她十岁前后，为一个男人，但我记不得是爱玲讨厌他或喜欢他而失意，就大哭起来。又一回是在香港大学读书时，一年放暑假，仿佛是因炎樱没有等她就回上海家去了，她平时原不想家，这次却倒在床上大哭大喊得不可开交。她文章里惯会描画恻恻轻怨，脉脉情思，静静泪痕，她本人却宁像晴天落白雨。”

几许情谊能有这么让人挂记。张爱玲一生，或就得了这一交心的知己了。这是揣测，有妄断的嫌疑，但，从这方方面面讲，我们或许体会得正如此。

炎樱与张爱玲的情谊发展，多年以后的波折，我们无法说清楚。

张爱玲当年以难民身份搭船去美国，第一站找的就是炎樱，不知出于什么原因，炎樱将张爱玲带去了美国的“职业女子宿舍”，翻译到中国就是一个收容所，救济站。让历经千辛万苦漂洋到美国的张爱玲作何感想？但是，我们不清楚情况的真实一面，谁也不能定论此事。外国人的作风和做法，与中国不尽相同，这是其一。而那时的炎樱是否也不顺利，也许直接原因如此也说不定。反正，俩人此事后失去了一次世俗的朋友交往。再后来，张爱玲的作品《对照记》里收录了炎樱的许多照片。依照张爱玲的个性，不喜欢的或已经遗忘的人，不会更多地出现在她的视线里，除非迫不得已。但，这肯定是张爱玲自愿和极力想到的事了。

冷漠的世界里，张爱玲喜欢的人物大多有些共同点：外向的、活泼的、有野心的、能力很强的，个性的。只有张爱玲的姑姑张茂渊有些例外。但，张茂渊一样地优秀、果敢是肯定的。母亲、炎樱、胡兰成、赖雅，他们都有的这些致命的性格一直诱惑着内向、高傲、孤独、自我的张爱玲。异性格相吸引，对张爱玲的一生影响巨大的几个人，他们在张爱玲世界的另一岸引领她跨入新视界。

原　点

细节往往是和美畅快，引人入胜的，而主题永远悲观。

——张爱玲

张爱玲写自己，写家族，写身边一事一物所带给的震动和视听余感。她的作品有一种天然的色彩调和，灰，可以抹了各种各样的人物、背景、姿势、造作的新鲜色泽进去，形成独特的生命魅力。她在说话，她坐在你对面，不知是自言自语的叨着，还是自在涂抹一幅幅黑白漫画。她可谓难得的漫画好手，辛辣、抵触、黏合、分裂，以无所不及的手段高超着。

她分明有强烈的时代感，或就是这种强健的跳跃，她的创作高峰期，集中式地爆发在那一刻。

冲着首奖奖金500元，张爱玲对一次比赛动心了。

《西风》杂志创刊三周年的征文比赛，题目是“我的……”，奖项高，奖项也多。当时，《西风》杂志颇有名气，在20世纪30年代走红一时，办刊宗旨张爱玲极为欣赏：“译述西洋杂志精华，介绍欧美人生社会。”

张爱玲在进入香港大学后，对欧美文学进行了一次系统的补课。阅读了大量的英文原著，深入学习了萧伯纳、劳伦斯、毛姆等人的作品。她常常以英文和家人通信，为的是尽快熟稔英文。姑姑回信流畅而清芬，爱用蓝色的笔娟秀细腻地在幽香的粉色拷贝纸上涂抹，英文极其老道。说些情趣的话语，张爱玲更是爱。这一来一去，张爱玲英文水平大有提高，可以毫无障碍地阅读自然科学方面的书籍，娴熟如母语。张爱玲有一个梦想，就是有朝一日像林语堂一样用英语写作，这是她奋斗的人生目标之一。

想着也许能为母亲节约一笔开支，张爱玲于是应征参赛了。她拟定的题目是《我的天才梦》，恍然一看，真有些别致的意味。

这是一篇有点自传式的散文，文风生动，用笔老道，思想圆熟。主要描述了自己作一个“天才孩子”来看待，来发掘，来发展的内心独白。“从小目为天才，除了发展我的天才外别无生存的目标……”但，“在现实的社会里，等于一个废物。”张爱玲的坦白，令人瞠目结舌，自爆一些常人不会外说的弊病，需要的不是勇气而已，而是说出来这么自然，坦白，仿佛与自己无关，你爱怎么想就怎么想。

《天才梦》里有段话很有咀嚼的意味，就是关于她的第二部作品描述的失恋自杀的女郎选择自杀的地点争论问题。母亲提出一个人自杀怎么会从上海坐火车，选择去西湖身溺的疑问，而张爱玲一直坚持自己的观点，西湖的诗意美景，她认为这举动是可能的。她非常固执地坚持了自己的观点。这就是张爱玲与众不同之处，她想坚持的事情和思想，很少人能动摇半分。

“我发现我不会削苹果。经过艰苦的努力我才学会补袜子。我怕上理发店，怕见客，怕给裁缝试衣裳……我天天乘黄包车上医院打针，接连三个月，仍然不认识那条路。”“可是我一天不能克服这种咬啮性的小烦恼，生命是一袭华美的袍，爬满了蚤子。”这是天才的乖僻缺点，不是让人生厌，而是承接时“哦，原来这样的”的某种佩服。

这篇自我心灵剖析，充满了自信。最终，张爱玲排在了第 13 名，获得名誉奖。《断了的琴弦——我的亡妻》获第一名，据说此文文笔内容一般，且数字超过了规定。张爱玲原先收到的获奖通知，原以为是好名次，与期待相差较大，她有些怨气了，后来有人认为是张爱玲看错了通知。但是，这次比赛倒是激发了张爱玲的写作欲望，达到了前所未有的效果。再有几年的张爱玲，就是公认的真正的天才了。

这一篇《天才梦》，便成了张爱玲早期的压卷之作。

1942年12月，日本人攻打香港，张爱玲的埋头寒窗苦读的日子成为了泡影，只有几个月就毕业了啊！再次被粉碎了的梦想。毕业证不能获得，英国留学梦也就搁置了。

12月8日本来是大考的日子，许多准备付之一炬，学生们各怀思想，开初还活蹦乱跳的，到了后来，炸弹愈来愈密集，不得已，通知全部下山去。可是，就是这样的紧张环境里，有一位被张爱玲觉得“天真得可耻”的马来半岛来的女同学，依然要搬着沉沉的衣服箱子一同避难，这不由得让人生笑，这世界奇葩有，但是这样的“奇葩”确是少有。再后来，这位女孩子从胆小的学生，经过战争也锻炼成了干练的女子了。红十字会的临时看护，洁白的衣服让她自信，道理简单地难以让人相信。联想到张爱玲，许许多多的女人，对于衣服的情有独钟，只能用天性来解释。

八十多个死里逃生的小青年，对于战争的相通感觉，张爱玲打比喻道：“是像一个人坐在硬板凳上打瞌盹，虽然不舒服，而且没结没完地抱怨着，到底还是睡着了。”猝不及防的战火，出现在没有经历的一群大孩子面前，还好有吃有住，不用再背或书说道诸子百家等。这样的处境和环境或许是属于张爱玲的，久了，适应了，一本《官场现形记》就这么啃下去了。一边是担着炮弹落在哪儿的危险，一边是想我万一没看完这书就“去”了的可笑想法，也只有传奇张爱玲才能有这种离奇想法。灯光一点，字迹极小，亏了的是眼睛，不过命没了，要眼睛何用？

人一旦陷入了单纯的环境，战争算是，因为战争让你单纯，只会做几件事，保住生命，能有饮食，可以睡眠，其他的一切便都不复存在了，简单到不能再简单的每日循环着。于是，有些急于想攀着踏实的人，便作了决定，找一个人嫁了或娶上一个媳妇算是了却了一桩人生大事。战争中成婚的人，当是一抹流行的风。

空虚和无聊，画画便是一种打发方式，张爱玲似是回到了以前，重新拾起画笔。而其间的作画水平，无意间达到了最佳的黄金期。一幅幅作品，当张爱玲后来审视时，都不敢定论是自己的作品。照着模子下笔，也很难知晓其中奥妙和玄机，“天时地利人和”的创作，就那么瞬间的灿烂，无可代替地成就了。

1942 年初，张爱玲和炎樱搭邮船回到上海。

张爱玲在香港大学所有的个人资料，因为无情的战火付之一炬，那些展现她优秀的档案，化为灰烬。就如她的心，创伤留下的痕，不单单是几个烙印。所有的心思，一刻间作了尘埃。

孤独地去，孤独地回来。

家早没了，母亲出国，只能依靠极爱她的姑姑。

姑姑住在赫德路的爱丁顿公寓，是租赁的房屋。只有姑姑给予张爱玲的是天长地久，或许愿意为她付出。当初，怕张爱玲姐弟俩搬新家时后母虐待，姑姑自掏腰包为他们购买了漂亮的家具和装饰，是一直看着工人收拾好后才离开的。又是姑姑，在张爱玲感冒严重高烧的情况下，请了外国医生为她打针，亲自守在床前为医生翻译，直到张爱玲退烧为止。就是作为母亲，黄逸梵也没这么耐心吧？姑姑的好，无以言表，是张爱玲心里永远的港湾，就此一个去处。

姑姑的公寓是自己设计的家具，地毯。房子大，有一个大客厅，客厅里有壁炉。姑姑是会生活和享受的女子，自食其力，独立能干。

书要继续读下去吗？这成了张爱玲的心魔，没有钱，怎么读书？

得知姐姐回来的消息，张子静特别高兴。他一度认为姐姐暂时回不了上海了，这么纷乱的时期，消息中断，人海茫茫的无处寻了去。这姐弟俩的感情，用一种常态的眼光无法定位。

张爱玲无论从才情、个性、独立都处于强势，张子静一直生活在父亲的庇护下，明显弱小，而且身体多病，因此辍学几次。但是，张子静对姐姐是喜欢的，也是爱粘着她的。当初母亲还在上海的时候，张子静偷跑了去母亲家看望姐姐，一心想母亲收留自己，不想回老宅子，不料看到的都是母亲黄逸梵的冷表情。试想，都是自家孩子，不爱吗？黄逸梵对张子静的处境是非常放心的，男重女轻的旧社会封建思想，不会让他吃亏，所以，黄逸梵的一生都是为女儿寻找出路，她不想张爱玲像自己一样爱情、家庭无着落，谁愿意漂泊在外了。所以，每一次黄逸梵给予张子静的眼色，或许是一种藏了感情的表达，她无须更多地照料这个儿子。

张子静眼中的阔别多年的姐姐，变了模样。

“三年多不见，姐姐的模样改变了很多。她长发垂肩，穿着香港带回来的时髦衣服，看起来更瘦削高挑，散发着飘逸之美。”他是喜欢并欣赏姐姐的，也有由衷的心疼，姐姐瘦了。“只差半年就要毕业了呀!”一声幽叹，便是姐姐苦衷的全部，张子静听得心内黯然。香港读书的经历带给张爱玲的是“惘惘地威胁”。读书期间，张爱玲向校方禀明不参加任何活动，为的是减少开支。

问到作何打算，张爱玲对弟弟直言不讳地说：“至少要拿张文凭。”

没有文凭，无法有好就业，事到如今，这是最快捷直接的办法了。张爱玲想要就读“圣约翰大学”。这让张子静兴奋了，他也属意这所大学，是准备要去的。

至于学费，姑姑的意见是张廷重要负责张爱玲的学费。

这就摆了一道难题。到底张廷重会出吗？当初父女各自的决绝，都是相互无法容忍的。多年以后，会原谅吗？

掩　卷
从　来

1

黄昏向灯
灯里黄昏。高脚杯里没有一粒星子
没有行人甲乙的敲更声
城门倒悬
井水吃紧的。拧出蛙声
黑夜抱着袄子
露宿街头，田埂

2

需要一次盖棺定论
如果，我就这么地死去了，这么
想象着你的模样
是不是当初出走的窘迫
故事没有回头
我在故事的深处，填补罅隙
你哭
向天使奔去

3

我的歌子
两三片烟岚，从舌尖，从酥软的呢喃里
看侬舞长袖
镂空的花鞋，古老的绫罗
欢快的狐步，花蛊。
一杯鸩酒错置
琥珀色的诱惑

第四卷 Chapter · 04

还似卷帘，海棠依旧烟雨中

还似当年，依旧梦中。这一场雨，高脚杯铺满青苔，一注清酒，绿了衣裳。这胡须啊，生长绯红，剪了的一泓秋水，朦胧生烟，如梦。

我便走进影子里去，一把绢伞在江南的深处张望，屋檐倒挂彩虹，倾城的微笑，你路过瓦灰色的墙垣，瓦灰色的天，和瓦灰色你的衣衫。

一朵，一朵，又似一朵的洁白，点了胭脂。投射的波心，一起微澜。

还似卷帘，海棠如梦。

昨夜，徒留一地的落红，星星点点，有藤探出了门扉。

于是，我的江山，裙摆摇动风起的时候。

微微的，时光前倾。烹茶煮酒，穷尽一生，端了这姿势，梦中。

随　时

善良的人永远是受苦的，那忧苦的重担似乎是与生俱来的，因此只有忍耐。

——张爱玲

《西风》三周年征文活动将获奖作品结集出版，书名定为《天才梦》，不知张爱玲作何感想。

不需要感想，至少，这篇《天才梦》是植入人心了，编辑眼光独到。几年后，不需要任何人冠冕她予“天才”，她就是天才！

姑姑张茂渊没多的闲钱了。当初分得的财产，作了好些投资，因时局很不稳定，没有项目进账收入，还差点被“怡和洋行”裁员后步入困境。张茂渊自身素质不错，寻一个事做能力是有余的，先到了电台工作，再转到“大光明戏院”做翻译工作。这个收入一个人倒较宽裕，再负担一个大学生的全部费用和生活就很拮据了。不是迫不得已，还是希望张廷重能继续担起父亲的责任。张爱玲读香港大学三年，他没出一分钱。回到上海，这样的情况下，也非他搭手不可了，而且本身就是他的义务，离婚时和黄逸梵协议签得清清楚楚的。

但是，这条路还行得通吗？

如果让姑姑张茂渊去和父亲说这事，她真不愿意，不是推就是不管，之前的许多原由已经摆在那儿了。

张爱玲自己去说？凭她高傲、倔强的性子，加上四年没回过家了，一时间自动找上门去，也不行。也许父亲不答应，还会伤了自尊。

张子静的到来，或许是天意。

回家后的张子静找了一个机会，避开后母，私下向张廷重婉转地说明和姐姐张爱玲的见面经过，当然，重点是强调了张爱玲要去圣约翰大学上学的学费问题。

张廷重默默听了，沉吟了一下才说道："你叫她来吧！"

脸上没有表情，彼此都没有走出这个阴影吧。人生许多事，就连亲人也无法释怀。想来，多么悲哀的世界，但是，又不得不面对这样的纠葛，偶尔还需要忍耐、妥协。张子静搭建了这个见面桥梁，非常关键。

这次见面后，父女缘去了，从此陌路不相逢。

过了几天，张爱玲回到的不再是大别墅的老屋子，而是一座小洋房。后母得知消息避开了。

神色各自冷漠，张爱玲简要地将要去约翰大学续学的事说一遍。这次张廷重宽容，叫她先报名，学费由张子静托转去。

或许，弟弟回家说这事的时候，张廷重就已经有了主意。与张爱玲面谈，也只是形式上的步骤，毕竟父女一场，这次不见，真没一个机缘了。张廷重——懂！

短暂的仅仅是十分钟，对于这一生，有多少个十分钟像这一刻，对面不相识似的难过？

张子静和姐姐一同入的圣约翰大学，那是1942年秋天。弟弟读经济系一年级，张爱玲转学入文学系四年级。有一个小插曲，值得回味和咀嚼。当时的转学考试，文学天才张爱玲，国文竟然没有及格，需要补习这一科目，让人觉得不可思议。特别是后来人知道张爱玲的文学造诣后，寻根问底，到底怎么回事？张爱玲在香港大学，或许还可以追溯到之前，她就喜欢用英语交流、学习，国文一时荒废的程度自己没觉察而已，回上海后也没在学习状态里，没多想这事，所有出乎意料的情况是很可能发生的，只要有概率存在，结果就会待定。

不过，张爱玲满不在乎，甚至作笑话与弟弟讲，并很快地追上跳入了高级班。

炎樱也在这所大学，这是一件非常愉快的事。炎樱在学校风生水起地直到毕业，张爱玲则辍学，很遗憾的是，弟弟张子静也因身体问题辍学了。他们都没能拿到毕业证。至于张爱玲如何要选择中途离校，后来问及，说是对学校非常失望，没几个好教授，没了学习兴趣，纯粹是浪费时间，还不如在家选些喜欢的图书学习，并有理有据地说了在香港大学的情形如何得好。想来，都是借口吧。

钱，才是最关键的问题。

"张氏"家族显赫，张家一直有钱，但是，我们一路走来，张爱玲似乎都在"穷"字里打转，不能脱离半分这个阴影。

张爱玲一直吃了钱的苦。"抓周"原来是一个莫大的笑话，你今后缺什么，就成了心抓什么——这样来解释合理了。

以前住姑姑家时，母亲还在上海，是由母亲承担张爱玲的各项费用。现在不同，全由姑姑一个人担起这个两人的家。张爱玲心中是不安的，她想到了如何尽快去赚钱，为姑姑减负。

谋生活，摆在眼前的事实，没文凭，再好的英文和国文，都不作用。

弟弟张子静建议姐姐去教书，张爱玲直摇头："这种事情我做不来。"

别说，张爱玲作老师，还真不适合，性子，脾气，交往的习惯等等，都是不适合的。

于是，弟弟就求真务实地建议了一个对口的事情——去报馆做编辑。

"我替报馆写稿就好。这一阵子我写稿也赚了些稿费。"张爱玲说。

人生，随遇。

回上海后的张爱玲其实早些时间就开始写稿子了，给《泰晤士报》写剧评和影评。

张爱玲是影迷，这专业算对口，加上本身的文笔，独到的观点，也有干劲，兴趣和职业集于一身，倒是一桩美事。

弟弟是喜气着为她高兴，姐姐的选择，让他觉得她就是为文字而生，她会闯出一条路子的！

张爱玲也和张子静谈论剧种，看话剧，京剧、越剧也是去看的，不过没有看电影频繁。

动荡的年代，好文字一般是不能存活的。有避难的，有被封杀的，有低调旁观的……各色各路高手，作家纷纷隐退或后退。这个大环境里，谁的作品能杀出重围，博了眼球？

巴金、茅盾、老舍等名家，在上海的刊物上已经见不到作品了。甚至一直在报刊上连载的张恨水小说，也没了踪影。柯灵在《遥寄张爱玲》中说："上海沦陷后，文学界还有少数可尊敬的前辈滞留隐居……郑振铎隐姓埋名，典衣缩食，用个人有限的力量，挽救'史流他邦，文归海外的大劫。'""日本侵略者和汪精卫政权把新文学传统一刀切断了，只要不反对他们，有点文学艺术粉饰太平，求之不得，给他们什么，当然是毫不计较的。天高皇帝远，这就给张爱玲提供了大显身手的舞台。"

新生事物的催生，必然有适合发酵滋养的土壤，随遇。风中的穗子，吹到哪儿就落地生根。与政治不挂边的张爱玲，就这么杀出了一条路子。

张爱玲的文字职业生涯与他人有所不同，她是从英文作品开始的。

在《泰晤士报》作了一些剧评后，有杂志约稿子了。这就是所谓的"酒香不怕巷子深"。

一家英文杂志《二十世纪》（The Twentieth Century）月刊主动抛出了橄榄枝，约稿张爱玲。这是一个叫克劳斯·梅涅特（Klaus Mehnent）的德国人创办的综合性英文月刊。梅涅特有柏林大学的博士学位，曾在莫斯科作记者。1937～1941 间，曾在美国加州柏克莱大学和夏威夷大学教历史。太平洋战争爆发那年他 35 岁，凭着对历史与新闻的直觉，跑到上海来创办《二十世纪》月刊，亲任主编。选择上海创刊，最重要的是克劳斯·梅涅特觉得上海已经成为一个国际城市，有非常好的发展环境。而因大战，欧洲的书刊无法抵达亚洲出版，于是就形成了商机。颇有远见的一个商人、文人。张爱玲在《二十世纪》发表了八页文章，亲手绘制了十二幅发型、服装的插图，这也算张爱玲特色，多才艺相得益彰。或许是少有，精彩的原因，总之是一鸣惊人。1943 年 12 月她曾译成了中文，以《更衣记》的名字发表在《古今》半月刊。这篇文章把中国人的服饰沿革写得非常细腻清楚，张爱玲的插图又线条简洁，清朗多姿，生动，让人一见就爱，被吸引在所难免。

1942 年，以职业作家身份初涉文坛的张爱玲，收获颇丰，毕竟没多长期间，就发表了五六篇影评刊于《二十世纪》，还有《洋人看京戏及其它》、《中国人的宗教》等等。涉略广泛，文风特别，令人刮目。

一篇名为《沉香屑——第一炉香》的小说在 1943 年的复刊《紫罗兰》上发表，这才真正让天才张爱玲崭露头角。别致的名字，不似文艺腔的乏味做作，带有新意的耳目一新。就是此篇文字，引起了《万象》编辑柯灵的注意，并且立即让他想到的是："张爱玲是谁呢?我怎么能够找到她，请她写稿呢?"

世间的遇见，不由分说。

你在，我便在。我在，你在哪里呼唤?

随　性

啊，出名要趁早呀，来得太晚，快乐也不那么痛快。个人即使等得及，时代是仓促的，已经在破坏中，还有更大的破坏要来。

——张爱玲

发表《沉香屑——第一炉香》，还有一段机缘巧合的故事。

1943年一个春寒料峭的日子里，上海的公共租界里，来了一位不速之客拜访周瘦鹃先生。先生是上海鸳鸯蝴蝶派的老作家。

接到一个大信封，先生拆开来，是园艺好友黄岳渊介绍的一位女作家张爱玲。周先生下楼，但见一位着鹅黄缎半臂旗袍的年轻小姐亭亭玉立在眼前，张爱玲礼貌鞠躬问好。周瘦鹃先生有“哀情巨子”的雅号，所作之书都悲伤动人，当初赚足了张爱玲母亲和姑姑张茂渊的眼泪。

现正值《紫罗兰》想重新创刊中，先生对张爱玲说。于是，张爱玲便将自己的稿子递上，说是近期作了两篇小说，以前都是英文写作，在前发表过一篇散文。先生打开稿笺，浏览了一下，感觉书名别致，富有新意，便说留下待他细读。起先的时候，周瘦鹃先生并未起意，但越到后面越是惊诧，年轻的小姐的笔触如此凝练，洞察人事的能力细致、入微、深刻地叫先生拍桌子称好！如此境遇，创刊号大为有戏。便定下了《沉香屑》的第一炉香、第二炉香。先生欢欣鼓舞，一时间暗叹张爱玲才华了得。

这就有了柯灵看到的《第一炉香》时的激动了，他一心想觅得张爱玲。

柯灵是谁？

柯灵是以编剧本和写杂文出名的著名编辑，在《大美晚报》《文汇报》《正言报》都做过副刊的编辑，后加盟平襟亚夫妇主办的《万象》杂志。

“出版《万象》的是中央书店，在福州路昼锦里附近的一个小弄堂里，一座双开间石库门住宅，楼下是店堂，《万象》编辑室设在楼上厢房里，隔着一道门，就是老板平襟亚夫妇的卧室。好在编辑室里除了我，就只有一位助手杨幼生（即洪荒，也就是现在《上海抗战时期文学丛书》的实际负责人之一），不至扰乱东家的安静。”柯灵曾经在他的《遥寄张爱玲》里这样介绍。“当时上海的文化，相当一部分就是在这类屋檐下产生的。而我就在这间家庭式的厢房里，荣幸地接见了这位初露锋芒的女作家。”他将与张爱玲见面的第一次描写得清楚，也令人欢喜。因为他们的相见，将张爱玲推到了另一个层面。张爱玲每每遇到有些文字上决断不了的事情，就会与柯灵说，这也许是人常说的相信吧，这是不由自主的一种无条件信任！多年以后，当柯灵得知自己在两次入狱后，都是张爱玲出了面来营救，并一直心有担忧，寝食不安，该是怎样的感慨。朋友的涵义是什么？

茫茫人海，他们就这么遇见了。随性。“那大概是七月里的一天，张爱玲穿着丝质碎花旗袍，色泽淡雅，也就是当时上海小姐普通的装束，肋下夹着一个报纸包，说有一篇稿子要我看一看，那就是随后发表在《万象》上的小说《心经》，还附有她手绘的插图。会见和谈话很简短，却很愉快。谈的什么，已很难回忆，但我当时的心情，至今清清楚楚，那就是喜出望外。虽然是初见，我对她并不陌生，我诚恳地希望她经常为《万象》写稿。”

一段友谊的滋生由此开始。柯灵的《遥寄张爱玲》，很大程度上让我们真实地了解了张爱玲从出类拔萃的崛起，到绯红，再到大红大紫的一些经历，包括许多当时的文学泰斗们对张爱玲的爱惜和寄语，很多难能可贵的实录。

柯灵很是后悔一件事，就是关于《传奇》的出版，爱才的他，建议张爱玲静待时机，如此才华的她出名是迟早，再等等。就这么一个意思，遗憾地错过了《传奇》的出版。张爱玲直言告之，想“趁热打铁”。这么看来，张爱玲极富眼光，对文学脉搏的把握也准，从此多了一部《传奇》，和传奇一生的张爱玲。

遇见，随性。

《沉香屑》发表半年间，张爱玲佳作连续不断的问世，小说《茉莉香片》《心经》《倾城之恋》《金锁记》《封锁》《琉璃瓦》以及散文《到底是上海人》《更衣记》《公寓生活记趣》等等，每月两三篇作品，质量都上乘。

在她笔下，上海的生活大杂烩，众生相的喜怒哀乐将一一登台亮相。

1943年底，是张爱玲真正成名的时间，上海最红女作家诞生了。而同时，父亲家走向了真正的衰败，张廷重过度地挥霍，家财散尽。车子卖了，住到了普通公寓，也无法供养张子静读书了。从此，张子静与读书再也无缘分，倒是后来，张子静成了一名老师，在学校里任教，这是一件多么奇妙的事情啊！

当然，我们说的张廷重一家，只是降低到了普通人家的生活境遇，并没像张爱玲一样需要自己打拼写字养活自己。至少，少爷张子静父亲还养着。辍学后的张子静没工作，全靠吃祖宗福禄——这就是中国的没落贵族，坐吃山空吗？

1946年，张子静去了中央银行扬州分行工作。他和父亲张廷重有许多区别，和姐姐、姑姑接触多，受影响也是非常大的。自食其力终归是好的。

之前的两年间，张子静一直浑浑噩噩度日，精神空虚而苦闷，无所事事时去找姐姐张爱玲唠嗑，却是随着姐姐名气的见长，不能常见了，多半去了公寓都扑空。

张爱玲的出名，有人欢喜，有没有人忧或恨呢？

最高兴的首先数张爱玲的姑姑，终于可以对自家嫂子有交代了，她的托付总算没有空付。成名的实际是可以挣到钱养活自己，可谓名利双丰收！姑侄俩的生活得以改善，再也没那么窘迫了。

还有人喜乐吗？弟弟张子静肯定是高兴，并为姐姐鼓掌喝彩的。

至于父亲张廷重，怎么看待？想是欣喜的吧。张子静带回家《紫罗兰》，说姐姐发表了一篇名为《沉香屑——第一炉香》的作品，父亲“唔”了一声，接过了书……至于看没看，必定看了。

张爱玲是他带大的，文学的启蒙是他一手调教的，怎么会不为之感慨呢？

当初，在张廷重房间里有些什么书？我们仔细从张子静的描述中数数：《红楼梦》《海上花列传》《金瓶梅》《醒世姻缘》《水浒传》《三国演义》《老残游记》《儒林外史》《聊斋志异》《官场现形记》以及《歇浦潮》、张恨水的长篇小说等等。藏书极丰，涉古猎今，历史知识很丰富，近代的掌故和轶闻甚多。

张爱玲就是在这样的文海里熏陶出来的，没事就在父亲书房翻阅，与父亲探讨心得。

换作谁，即使不是亲人，普通的老师，对于张爱玲今日的成就，都是心存暗喜的。

至于张爱玲尖锐的笔锋直指父亲，直指家族，那就另当别论了。

果不其然，张爱玲的“粉拳”没有情面余地。

1944 年 7 月，张爱玲将《大美晚报》那篇英文扩大写成《私语》发表，让更多的人知道了张氏家族的内幕：“我把世界强行分作两半，光明与黑暗，善与恶，神与魔。属于我父亲这一边的必定是不好的，虽然有时候我也喜欢。我喜欢鸦片的云雾，雾一样的阳光，屋里乱摊着小报（直到现在，大迭的小报仍然给我一种回家的感觉），看着小报，和我父亲谈谈亲戚间的笑话——我知道他是寂寞的，在寂寞的时候他喜欢我。父亲的房间里永远是下午，在那里坐久了便觉得沉下去，沉下去。”

自曝家丑，这勇气何来。张爱玲是在报复父亲吗？

有时想，张爱玲的伟大和传奇不在于她写出了多少好本子，而是从自己家族里通过文字折射了一个社会，一个阶层，一种没落的惶惶然。她想刻画的，传递的，不是“张氏”的日暮西山，是整个旧社会的败落与腐朽，如此就解释通了。

于是，关于张爱玲的身世之谜，李鸿章、张佩纶等等与之关联的人物一一浮出水面，读者惊诧之余，作品卖点更加剧增，一时间红透了上海滩。传奇在刊印后，四天脱销，“洛阳纸贵”是如何造成的？我们终于知道这种现象的奇特效应了。

而与此同时，一个张爱玲生命里的重要人物将粉墨登场。

“喜欢一个人，会卑微到尘埃里，然后开出花来。”

原来是你！

随　遇

人生最大的幸福，是发现自己爱的人正好也爱着自己。

——张爱玲

“女人一辈子讲的是男人，念的是男人，怨的是男人。”

胡兰成与张爱玲的爱情、婚姻、离异、不复相见的决绝，将《传奇》着的传奇引领到了极致。

这是张爱玲生命最为浓墨重彩的一笔，提及张爱玲，就会说到胡兰成。

胡兰成的《今生今世》，笔下的张爱玲是如何的？

许多纠结的牵扯，关于他们的一切，没有定论的定论。最终分手告终，这便是结果！

随遇。

“于千万人之中，遇见你要遇见的人。于千万年之中，时间无涯的荒野里，没有早一步，也没有迟一步，遇上了也只能轻轻地说一句：“哦，你也在这里吗？”

这一天，得了冯和仪寄的《天地》月刊，搬了一把藤椅，在院子里草地上享受阳光看书的胡兰成，翻到了一篇署名《封锁》的作品，一二章节，便爱不释手。用胡兰成的话来形容：“不觉身体坐直起来，细细地把它读完一遍又读一遍。见了胡金人，我叫他亦看，他看完了赞好，我仍于心不足。”

冯和仪，笔名苏青，上海红极一时的女作家，与张爱玲同属海派女作家代表人物之一。本名冯允庄，早年发表作品时署名冯和仪，后以苏青为笔名。1933年考入国立中央大学（1949年更名为南京大学）外文系，后肄业移居上海，代表作品为长篇自传体小说《结婚十年》。

关于苏青，张爱玲有段经典的评论："即使从纯粹自私的观点看来，我也愿意有苏青这么一个人存在，愿意她多写，愿意有许多人知道她的好处，因为，低估了苏青的文章的价值，就是低估了她的文化水准。如果必须把女作者特别分作一栏来评论的话，那么，把我同冰心白薇她们来比较，我实在不能引以为荣，只有和苏青相提并论我是甘心情愿的。"张爱玲发自肺腑赏识的人物，必是有那么不同，再是苏青同为女作家，而同行出"冤家"，一般都没惺惺相惜的同好之感。就拿那个时期的女作家，张爱玲所爱，也独一个苏青了，苏青才情不一般。

再究根到底，苏青与张爱玲同为出身显赫之家，都是高知上海小姐，同样的伤痕累累经历，到出世时都是一样的花落人亡无人知。如此相同相近相知，何来不投缘？

于张爱玲，苏青是她的另一个影子，她们互为映像。胡兰成看到这文字的冲动是第一时间去信问苏青："这张爱玲是何人？"

苏青回答极其简单："女子也。"

这样的答案无疑是加重了胡兰成的好奇心。人越是不了解，不知晓，就越发感兴趣。但凡有关张爱玲的每一个信息或只字片语，胡兰成都放在了心上，这是什么心理？男人对女人的涉猎，先是从神秘的疑惑开始的，当一个女人被看透后，便不作新奇了。

"男人彻底懂得一个女人之后，是不会爱她的。"张爱玲经典的语录，总会超前和直接地告诉你一个真实。就这样，没错，听她的。

但，她也走了这个弯路，是肯定的。她让他懂得了她的一切。

紧接着《天地》第二期跟随而至，这次，还有张爱玲的文章。而最大的惊喜，莫过于见到了真实的张爱玲——一张照片刊登了出来。

人，事皆全地了解了，包括通过这么久的消息、信息分析、揣摩，一个活脱脱的张爱玲在胡兰成心中有了刻痕。

他是谁？他是令许多女子也倾倒的一个男人，虽然在历史舞台上扮演的角色不端正，但在当时，胡兰成的才学，对女人的研究，对社会的通透，形形色色，除了是非颠倒，立场站错，他其他方面是优秀的——顶着汉奸头衔的一文人。

胡兰成暗自高兴着。到上海，便即刻寻了苏青去。这迫切的劲头。为的是见苏青？当然不是！

不好直截了当地先问，这可能使得苏青反感，便吃了饭食，到了苏青住处。这会子不提更待何时，于是问了。苏青答“张爱玲不见人”，或想敷衍过去。不想胡兰成不死心，追问着要地址，苏青略有迟疑地最终写了给他——静安寺路赫德路口一九二号公寓六楼六五室。

心急一个人。翌日，胡兰成便去见张爱玲，果真被拒。这人执着，也聪慧。便从门洞里递了纸条。

或是终该他们会相遇。又隔一日，张爱玲去了电话。

一向心高气傲的张爱玲，如何想起见这位当时就有些名气的大汉奸，有点让人捉摸不透。但，张爱玲对政治流派的一向无所谓，也许是根本吧。对她来说，这些都是在现实中遥远不沾边的事情，没有太多的关系存在纠葛。

张爱玲去大西路美丽园去看胡兰成，其实离她家也不远。她只是在想，胡兰成留言的内容里肯定有地址，其余的不作猜想了。

初相见，如何呢？

胡兰成在《今生今世》里是这么叙述与张爱玲的相见的：“我一见张爱玲的人，只觉与我所想的全不对。她进来客厅里，似乎她的人太大，坐在那里，又幼稚可怜相，说她是个女学生，又连女学生的成熟亦没有。我甚至怕她生活贫寒，心里想战时文化人原来苦，但她又不能使我当她是个作家。”

他再道，似是欣赏一幅画自言自语地说叨：“张爱玲的顶天立地，世界都要起六种震动。是我的客厅今天变得不合适了。她原极讲究衣裳，但她是个新来到世上的人，世人各种身份有各种值钱的衣料，而对于她则世上的东西都还没有品级。她又像十七八岁正在成长中，身体与衣裳彼此叛逆。她的神情，是小女孩放学回家，路上一人独行，肚里在想什么心事，遇见小同学叫她，她亦不理，她脸上的那种正经样子。”

后面的有些更有些痴迷地在说。欲为何？但听他的惊艳之语：“她的亦不是生命力强，亦不是魅惑力，但我觉得面前都是她的人。我连不以为她是美的，竟是并不喜欢她，还只怕伤害她。美是个观念，必定如何如何，连对于美的喜欢亦有定型的感情，必定如何如何，张爱玲却把我的这些全打翻了。我常以为很懂得了什么叫惊艳，遇到真事，却艳亦不是那艳法，惊亦不是那惊法。”

这几段原文的录人，就是给予并还原当时的情形，使之更加清晰与真实。

当事人，说当时话，不带更多“假”字。

俩人说到一些话题，初次见面，竟对仗起来。

批评当下的流行作品，说她的文章好，好在何处？这些都可以想象一下，当时一种激动，不择言语的表露真情。但，说到南京自己的事情，这是第一次没预见的吧？

胡兰成是一位成熟的男性，而其特殊的身份，让他在外人或一个素未谋面，初次相约的人面前全盘托出，分明是小慌乱的情不自禁——他对张爱玲是一见钟情的。张爱玲的独特气质，是一般人无法抵达的高处，她立、坐、躺，或都是一种风情，这种风情是只此一枚，绝无分号存在。

而胡兰成似乎对自己的忽然出格并未察觉太多，继续问及张爱玲的写稿收入，张爱玲亦是诚实地回答。这俩人一对奇葩，只能这样说。初次见面，家庭、收入、私密等，都是禁忌之事，不能探究的，处于兴奋期的胡兰成，想也没想地出口了，而且套得了第一手资料，强悍的一个男人！

或是张爱玲不反感眼前的这个人，不然，哪许你这么肆无忌惮地说话和探秘隐私。一个表达，一个愿意；一个提问，一个愿答，两厢情愿的事情罢了。

胡兰成似乎也有珍惜之意，对张爱玲，有深深的彼此代入感。

张爱玲的反应如何？胡兰成如是描述：“张爱玲亦会孜孜的只管

听我说，在客厅里一坐五小时，她也一般的糊涂可笑。我的惊艳是还在懂得她之前，所以她喜欢，因为我这真是无条件。而她的喜欢，亦是还在晓得她自己的感情之前。这样奇怪，不晓得不懂得亦可以是知音。”

高山流水，知音难觅。今日得见，原来是你！

送张爱玲到弄堂口，俩人并肩前行，胡兰成一句突兀的“你的身材这样高，这怎么可以？”一下子把彼此的身份拉得似乎没有距离。

我们常常会在一些爱情剧中听到“你怎么可以这样？”“你怎么……”非常多的情侣之间会有这样的表白。

这样来看，便一目了然胡兰成的心情了。

张爱玲很诧异，但是感觉非常好。“遇见你我变得很低很低，一直低到尘埃里去，但我的心是欢喜的。并且在那里开出一朵花来。”

他们的遇见，初相识一切的美好，如同每一对热恋的情人，没有实质的区别。唯一区别就是他们的恋情，注定有一份传奇！

随　缘

一个人在恋爱时最能表现出天性中崇高的品质。这就是为什么爱情小说永远受人欢迎——不论古今中外都一样。

——张爱玲

人说，缘分三分定。

佛说，缘分早已定。

佛是过来人，人是未来佛。众生相，在这个世界里演绎的，不单是爱恨情仇，是非黑白，欢愉与否，低眉也罢，作何感想，说开去，都是一个实字。存在，我们最大的价值。

而我们存在的价值几何？不得而知了。

胡兰成，苏青，张爱玲……他们站在社会的端口，时代的峰尖上，激浪拍岸，在上海滩这个复杂纷繁的江湖里，角色——生旦净末丑？脸谱涂抹的色泽，因人而异。

嬉笑怒骂嗔，我们一一走进他们深处去，感怀一段时光。谁错了，谁没错，或谁错上加错？

“但凡我家里来了客人，便邻妇亦说话含笑，帮我在檐头剥笋，母亲在厨下，煎炒之声，响连四壁，炊烟袅到庭前。亮蓝动人心，此即村落人家亦有现世的华丽。”不得不赞叹，这样几笔微微袅动，便将一幅乡里人家迎亲待客的温馨图画跃于纸上，干净，澄清宛若细雨轻流，涓涓翕合，顿生心境，情感便发散开去。这一倾而下，并不生猛和急于求成，一点桃花自冉华章。不似败絮的枝柳飘拂，有清风润物……

胡兰成的散文，视为异数一脉。倒是和张爱玲有同工妙趣之似，这就是性情相近，文采各表，能相互贯通、抵对、融和。想啊，两个热恋的人说些什么？都是知识文人，自命不凡的势头，兴趣一致，便生了烟火，璀璨着点响夜空。

或有才华，脱口锦绣，但，胡兰成一世遭唾骂！有民族精神的中国人都不会原谅他！

他是汉奸！铁板钉钉的，盖棺定论！

胡兰成出生寒门，满腹经纶，入仕之鸿志乃所追寻的最终。这是中国封建社会，当然也是历朝历代，也是当下多数才子名门选择的抱负途径。然而，高门几许，真正向普通能人开放的有几扇呢？

想实现自我，不是口号，也不是谁都成的。

贫穷的是皮囊，远大的是理想，一组相对的现实写意词。低微的出生，寒窑苦读的鸿鹄之志，反差和对立一目了然，缺了最重要的资本，岂能一飞冲天。如果没有他一支锐利、机警的笔杆子，如果没有一个乱世横空的大时代背景，胡兰成一生如何开辟发展，得另当别论了。反正，“汉奸”这帽子生生世世谁都无法为他摘去。谈及他的“脱颖而出”，也是因才引得的“垂青”，中国人崇尚文字，崇拜能洋洋洒洒的锦绣文章，单一这本事，不关何人何阶层何立场，都是先敬重几分。胡兰成不安分，胡兰成找缺口，在报刊上发表时事观点，分析时局走向，对于一个中学老师来说，安分的一个人，大都不会去做，避祸还来不及，还要出头。从大文豪，小到多写点小文章的人，不是离开上海滩这个离乱的江湖，就是隐姓埋名，过着避世的出世生活。

一篇亲日的文章，引起当时军政的特大反感。1936 年，胡兰成在《柳州日报》上发表了一篇争论，遭到了桂系第四某团军司令部的监禁，33 天的牢狱非但没清洗掉他的想法，而此出格之举直接给他带来的所谓“机遇”就是——另一个大汉奸汪精卫的青睐，直接升入他的羽翼下，作了汪精卫的机要秘书。“强悍”一词来形容胡兰成的勇气和做法绝不为过。能走进这个政治漩涡里，被一眼即中他的欲望和能“作为”的潜质，少有的情况，慢慢地，从思想到行动，胡兰成充当的是卖国求荣的喉舌了，他被委任《中华日报》社论委员会总主笔，手中的笔和自身的才华成了思想侵略和舆论引导的引爆点，当然是卖国的、亲日的大汉奸作为。胡兰成守住高位的同时，不断扩充地盘和势力，攀上更粗的胳膊对于其发展肯定更是前景无限，这便引起了汪精卫的大大不满，寻了缘由把他关了起来。胡兰成与张爱玲的第一次姻缘就此开始，但，汪精卫当时是不知的。

胡兰成与苏青早期就认识了，说到这次胡兰成的际遇，不知为何，竟得了张爱玲的同情，便陪同苏青去了汪精卫的另一个同道者周佛海家，为胡兰成说情。不谈效果，回过头理清一下这个头绪，张爱玲与胡兰成素未谋面，而只是从好友苏青那儿知道点他的才气，这足以让她参乎其中吗？况且，这算一桩政治上的不大不小的事，内部的分裂矛盾问题，上级打压下级的问题，摊上这个情况，也只有苏青的大胆，张爱玲的糊涂了。

胡兰成出狱后，当然不会知晓一个叫张爱玲的女子曾也出力营救过他。但，我们或许隐约清晰着一个词——冥冥之中来诠释他们的初交集。尚未谋面心为你牵！

佛说的相遇，修得的福禄，500 年为一次机缘，那时茫茫人海中，你存在，我也在。递加一个个 500 年，才有了一次回眸，一次认得，相遇——“哦，原来你也在这里。”

胡兰成认识张爱玲，也就是出狱后这段清闲的日子。1944 年 2 月，张爱玲如日中天，胡兰成复出上海。这段姻缘的网从此撕开了口子，承接俩人的坠入。

抑制不住初相见的美好向往，第二天，胡兰成便登门回访了张爱玲。初见张家，胡兰成是这样描述自己的忐忑的：“第二天我去看张爱玲。她房里竟是华贵到使我不安，那陈设与家具原简单，亦不见得很值钱，但竟是无价的，一种现代的新鲜明亮断乎是带刺激性。阳台外是全上海在天际云影日色里，底下电车当当地来去。张爱玲今天穿宝蓝绸袄裤，戴了嫩黄边框的眼镜，越显得脸儿像月亮。三国时东京最繁华，刘备到孙夫人房里竟然胆怯，张爱玲房里亦像这样的有兵气。”想啊！一个见过大世面的，见过大美女的，也自诩非凡的男人，跨进了一大闺女的阁楼，他的形容，收尾直叫人拍好！意料之外的必然。这胡兰成眼里或笔下的屋子陈设与布局，不能用画龙点睛这样的成语来涵盖，实际上他描述得更让人心动！各种意味盎然。张爱玲家没有几件值钱的家什，但却有种靓丽的时代特色感，视角分明有跳跃的活泼，而阳台上视野宽阔，似乎可以容纳下整个天空和云彩，尽收眼底的，还有大都市中飘浮的深浅不一的晕色。远远地观望，淡薄地看待，这个繁华其实一直在她的窗帘外，她不作声色地俯瞰着大千世界，也迎头在每一个清朗中着墨抒写着自己的故事和故事里形形色色匆匆来，又匆匆地去了的人事因缘。张爱玲的家，华贵、精彩，入时入世，却又有一种远离红尘喧嚣的泾渭分明，或者，这就是胡兰成说“张爱玲房里亦像这样的有兵气”的原因吧。

众里寻她，她在生命的高处！张爱玲和胡兰成，他们隔着的，不是仅仅这几步的惊叹迷惑，寒门与高庭，这差别，不是墨水能填满和拉近的。

如果单单说他是才子或大汉奸，倒是不恰当的。这人是一个复杂的胎子，每一件事情，每一种身份，每一份感情，都是可以独立来看，剥离开去，便更为清楚。

撕开几枝，各究其因。

再看他们如何第二次相见：

“我在她房里亦一坐坐得很久，只管讲理论，一时又讲我的生平，而张爱玲亦只管会听。男欢女悦，一种似舞，一种似斗，而中国旧式床栏上雕刻的男女偶舞，那蛮横泼辣，亦有如薛仁贵与代战公主在两军阵前相遇，舞亦似斗。民歌里又有男女相难，说书又爱听苏小妹三难新郎，王安石与苏东坡是政敌，民间却把来说成王安石相公就黄州菊花及峡中茶水这两件博识上折服了苏学士，两人的交情倒是非常活泼，比政敌好得多了。我向来与人也不比，也不斗，如今却见了张爱玲要比斗起来。”

想想，舞与斗，一般联想到了什么？这胡兰成真写绝了。俩人性子，一个不起身也自是长袖飘飘的芳华绝代，未出手便惹得“三军”扛起旗帜有了武力的攻斗激情，胡兰成不掩其所有绝技，却是“但我使尽武器，还不及她的只是素手……”

不费一兵一卒的吹灰之力，胡兰成便缴械投降，不是五体投地的敬佩，是真真地诚服与拜倒在石榴裙的愉悦！多了情感的因素，更为别致了。

随　喜

我要你知道，在这个世界上总有一个人是等着你的，不管在什么时候，不管在什么地方，反正你知道，总有这么个人。

——张爱玲

一棵开花的树

如何让你遇见我
在我最美丽的时刻

为这
我已在佛前求了五百年
求佛让我们结一段尘缘
佛于是把我化做一棵树
长在你必经的路旁

阳光下
慎重地开满了花
朵朵都是我前世的盼望

当你走近
请你细听

那颤抖的叶
是我等待的热情

而当你终于无视地走过
在你身后落了一地的
朋友啊
那不是花瓣
那是我凋零的心

席慕蓉这首《一棵开花的树》，公认为现代爱情诗歌里的经典之作，广被传颂。

等待、期待；遇见、相见；羞涩、流盼；轻颤，热烈；开放直至凋零。

这诗描述的爱情心路历程，婉约而美丽，芬芳亦自然。

对于第一次真正恋爱的张爱玲，和已经是情场老手的胡兰成，俩人的爱情火花依旧是一颗初心的萌动，心无旁骛。尽管这时的胡兰成还是围城里的人。围城外，有一个人告诉他，我不会在意这些，便让这种放肆无限制的扩展。

不会被逼离婚，不会要求彼此，不会这，也不会那的苛刻。男人，只要没有束缚，形同没有缰绳的马驹，会自由地展现雄壮与奔驰，这个时期的胡兰成，事业回到了原点，爱情与婚姻并存，三驾马车齐头并进，乐哉！快哉！

胡兰成一生的眼泪给了两个女人，发妻和母亲，他心里最爱的这两个女人，早已随烟而去了。1932 年，胡兰成的发妻玉凤病逝时，手头拮据的他四处借贷，却求助无门，十分凄寒凉薄。多年后他回忆说："对于怎样天崩地裂的灾难与人世的割恩断爱，要我流一滴泪总也不能了。我是幼年时的啼哭都已还给了母亲，成年后的号泣都已还给了玉凤，此心已回到了如天地之不仁。"这男人清醒，这男人也决绝。从生活的悲哀中，从底层的阴影里，他走出来后，脱胎换骨的无情、刻薄了。算计与虚假，背叛与报复，充斥着他人生的全部。

如果说遇见张爱玲，对胡兰成是一次美好的意外，而张爱玲遇见胡兰成，也是一次注定吗?

他和她，她与他，到底在这一场轰轰烈烈的感情中，谁负了谁，谁又爱了谁，或谁的无情换了谁的真心。

从各种文字记载里，我们捕捉的信息，都是胡兰成的过错与根源，他就是见一个爱一个的花公子。胡兰成是花！肯定没错。而胡兰成可以接受众多的各类的女性，或温雅，或活泼，又或高贵，年轻热力的，成熟体贴的，高傲无羁的，凡是得乐其心的欢欣，他都把她们作知己。其实他独缺红颜，家族里只有一位妻子，她的牌位永存的不是祠堂，是在胡兰成心里最永恒的地方，无人代替。这是封建士大夫们大多遵循的伦理道德，胡兰成内心是陈旧的，尽管处事现实而前卫，一妻多妾，他不会介意。周训德和范秀美，她们都有一个致命的不该，她们不该不尊重自己，再爱一个人，至少，都要有自爱的保护意识。这是张爱玲与胡兰成结婚后，胡兰成遭遇的两段感情，让这对热恋如火的一纸婚约人步入的不仅是感情危机，还有毕生最为痛彻心扉的疼痛。当然，这疼只属于张爱玲胸口的那一颗朱砂，赤裸裸于天下。

“张爱玲因说，她听闻我在南京下狱，竟也动了怜才之念……我听了只觉得她幼稚可笑，一种诧异却还比感激更好……”换做一般人，感激在前，诧异归诧异，而自然的热盈盈更该是此刻的心情。胡兰成的与众不同，另类，或许这算一种久经人事后的体现吧。他更在意张爱玲这种举动背后的原始本真，去感知不一样的张爱玲，这或许比感动来得更为高尚和人性。胡兰成偏于理性，可见一斑的阅历和成熟。

恋爱着的女子喜欢倾听，蜜罐里的男子善于表白。在爱情的跷跷板上，总归各自一头，一颦一笑，一说一逗，便情趣暗生。女子聪明者，神秘和保留永远是绝招，一旦你一切如平原般地放眼皆透，你就失去了循迹追踪的无限探究魅力。张爱玲其实是懂的，但是，张爱玲不会为此装或不装。她不需要这些做作作了招式。懂与做，始终有一条实践的鸿沟。

“因为懂得，所以慈悲。”她对他赠与的一首新诗，回了短短的一句令任何“张迷”都知道且迷恋的经典话语。常常作了爱情的回应来看，这两句一段话，其实饱含了太多，整整二十多年悟了的人生哲理。懂得，是因为经历了太多。慈悲，是必须的，做人的根本。她不一定是对胡兰成一个人说的，也许她也在告诉自己一个内心，她以他为借口，道出世间修行者包括她，一生要懂得的慈悲，因为，所以……

张爱玲说：“女人要崇拜才快乐，男人要被崇拜才快乐。”

这样一对绝配情人组合，没有姻缘，或许彼此更为的珍惜和爱了。真作假，假亦真，不管如何，需要、互暖、相融，就是最好的。

但，佛说，缘分天注定！你们，不止这份浅淡，成熟的瓜落，自然天成不想吗？此为后话。

随着两人情感迅速地升温，胡兰成更加主动地靠近张爱玲，出入张爱玲公寓的次数越来越频繁，有一段时间甚至“勤奋”得天天都去，这样两人自是甜蜜、期盼。一阵子后，隔天才去一回了，都说情人“一日不见如隔三秋”，热恋中的张爱玲哪经得起这样的稍有“冷却”，忽然觉得十分委屈，于是，便传了一张纸条给胡兰成叫他别来她公寓了。一个怨怼，一个怎会在乎一张“别去了”的字条呢。胡兰成照去不误，去了，也没见张爱玲生气、抵对，倒是满心欢喜的模样，便顺着张爱玲的心思，去得更自如、频繁。这其实就是热恋中男女的爱情综合征，人人都会一一去历经的，而对于没有经历个这样情感的张爱玲来说，便是真实地自然流露了。

张爱玲是与姑姑张茂渊一同住公寓的，胡兰成的事情，姑姑自是清楚明了。她在这个事情上的态度如何？

张茂渊毕竟是从大门庭里出来的，知道政治的轻重，加之胡兰成的婚姻在身，这一生，也就这事姑姑很反对，奈何张爱玲也是成年人，而且名气在外，性格独具，也不是谁轻易就能改变想法的。且，此事关乎感情，凡是牵扯感情，事情便更难有转机，加之张爱玲的感情经历并不复杂，对于爱情充满憧憬，这样的一位才子，能说能侃，能道能文，懂自己的人太少了，而胡兰成懂！因此，姑姑的劝说并未影响他们的感情发展，张茂渊自然不会更多的不知趣了，也就只有一个字感慨——叹！

“见了他，她变得很低很低，低到尘埃里，但她心里是欢喜的，从尘埃里开出花来。”——胡兰成说起登在《天地》上的那张照片，翌日张爱玲便取出照片来，题了以上字在后面。

“她这送照片，好像吴季札赠剑，依我自己的例子来推测，那徐君亦不过是爱悦，却未必有要的意思。张爱玲是知道我喜爱，你既喜爱，我就给了你，我把照片给你，我亦是欢喜的。而我亦只端然地接受，没有神魂颠倒。各种感情与思想可以只是一个好，这好字的境界是还在感情与思念之先，但有意义，而不是什么的意义，且连喜怒哀乐都还没有名字。”这胡兰成懂女人，不是一般的懂，一张照片的赠予，从头至尾，分析得头头是道，也在理。典故用上了，心理揣测了，目的也明了，张爱玲如何做，如何说，如何想，都没逃过他的眼神和阅历的判断，高！不得不赞这男人，将这些变成铅字的时候，写出来宛若在跟前一般，似乎你是女性，你就是张爱玲，她在读你。如作为男性，就只有敬佩羡慕的份了。

在这么一段生涩却单纯的恋爱长跑中，其实，胡兰成真实的想法，看起来有些薄情的，但是，实在的表达，倒让人佩服：“我到南京，张爱玲来信，我接在手里像接了一块石头，是这样的有分量，但并非责任感。我且亦不怎么相思，只是变得爱啸歌。每次回上海，不到家里，却先去看爱玲，踏进房门就说‘我回来了’。”

胡兰成喜欢张爱玲，但这份喜欢要上升到妻子的高度，或许一辈子都没有过。他们是知己，是红颜，是可以有牵绊的红尘爱意存在，作为生命的烙印，胡兰成是张爱玲的最深，但，张爱玲不是胡兰成的最重和最后，这是本质的区别！这区别，不单单是心疼，还有许多不甘的遗憾，这就是“张迷”们自己折磨自己的事了。

滚滚红尘，谁作了谁的谁，谁不是谁的谁，或者，谁都不是谁了！

洪荒无色，只听一啸而过的风声，渐起渐落，四处逃也，日月作了永恒。

掩卷问道

1

这片鳞。锦瑟
远山、近处的风，辽阔的浩淼
从暮色里
探向极深极幽的丛林
斑斑点点的
暮鼓。咚咚锵锵，拂过
一茎初荷的青涩

2

羽毛
一两火花。擦出瞳孔的爱情
跳上秋千，跳上日上三竿的指头。圆梦
我在秋千上
打量阳光
阳光，打量天空的高度
影子。一动不动

3

大草原开满格桑花
菩提，草蒲。你说——
非掌灯的人不得擅入。如果
问及小隐疾，问及你胸口的朱砂
只吻她！
不说话，当云朵降落的时候
自会有哈达
路过月光城。路过
你的家

第五卷 Chapter · 05

若是无情，却道落霞孤雁恨

围城里的人想出去?

围城外的人或将生活装帧成了一件艺术品，高尚的、喜悦的，欣赏而期盼的，纷纷地举起了杆子，跃跃欲试地攻陷城池。

烽火高悬，一座一座的黑暗之蛊擦亮天际的曙光，恻隐多年，喑哑的喟叹，最后救赎了灵魂。

而后，绝技巅峰。

万人如潮。羁旅凌乱地打破着情势，我们啊!

这黄昏里，于是渡了河去，望达彼岸的霞彩，流溢挂在水未央，忽闪的似锦的，站了起来。

孑然一身。

初一天，隔岸相对的。而十五不复见，三十在侧。

执　手

孤独的人有他们自己的泥沼。

——张爱玲

桐花万里路，连朝语不息。

吾言，吾思及双双对对成全，没个确定。然，起先欢喜是最好的。

胡兰成的思想是受过系统训练的，条理分明，辨析分寸，不同于普通官场、政治人物，且自持心性，眼界自然高，一般人过不了几招，而加之学问也能应付张爱玲的百般古怪，两人相处相交先乃文字知己，再是谈情说爱，是极高雅且富有情趣的恋爱过程。

乾坤之学，万物相通的懂得。张爱玲的“天才”称号，不是因她手中的笔而揽获的冠冕。我们常说，诗歌的功夫在诗外，意为博学、多知、广泛、深究，而张爱玲自身的本事，不能将其圈囿在仅仅是会写作会讲故事的名人范畴，她的经历、爱好、出身，桩桩件件都是一部极好的生活教材和写作范本。她所沉淀的底蕴和内外精通，悟性非常，在女作家里少见。记得现代女作家中，有三位这样的文学名家也值得钦佩。林徽因，诗文才情并济，考古绘画兼得，做人做事铿锵，被笑称“女人们的公敌。”主要源于林徽因的学识、精神、作为令许多优秀的男子所折服，除了欣赏爱戴，更多的是心悦诚服吧。行走在自己世界里的三毛，给人的震撼与喜欢同样浸染在了一代又一代人的血脉里，她是从小有着心理缺陷的孩子，从写字、绘画、钢琴、旅行、玩件等等方面，都是独树一帜，中国，只有一个三毛，世界也只有这么一个奇女子。幸福的席慕蓉，小时候长在父母的乡愁里，大了，活在自己的乡愁里。她是这几位女作家中唯一被誉为画家的，她的专业就是画画。但是，就是这么一位副业做了主业似的蒙古族贵族后裔，引领了一代人中了诗歌的蛊。她们和她们的文字，都是精灵王国里的国粹，无人替代。她们都同时具备高超的画技，熟谙时代最美或最实的旋律，都有文字之外的精彩故事。

胡兰成“处于下风”的文采对弈，给了他无穷的想象和揣摩，在他的世界里，张爱玲是一口古井，清凉、甘洌、有掏也掏不完的稀奇和惊喜。“我们两人在一起时，只是说话说不完。在爱玲面前，我想说些什么都像生手拉胡琴，辛苦吃力，仍道不着正字眼，丝竹之音亦变为金石之声，自己着实懊恼烦乱，每每说了又改，改了又悔。但爱玲喜欢这种刺激，像听山西梆子似地把脑髓都要砸出来，而且听我说话，随处都有我的人，不管是说的什么，爱玲亦觉得好像‘攀条摘香花，言是欢气息’”。亦趋亦步的追随张爱玲的思路和话点，又一一反悔自己的观点和言论，胡兰成懊恼，却是可人着这样的“游戏”。一次次智力开发与“较量”，总能在新鲜里满足和弥补他的缺感。

“我是受过思想训练的人，对凡百东西皆要在理论上通过了才能承认。我给爱玲看我的论文，她却说这样体系严密，不如解散的好，我亦果然把来解散了，驱使万物如军队，原来不如让万物解甲归田，一路有言笑。我且又被名词术语禁制住，有钱有势我不怕，但对公定的学术界权威我胆怯。一次我竟敢说出《红楼梦》《西游记》胜过托尔斯泰的《战争与和平》，或歌德的《浮士德》，爱玲却平然答道，当然是《红楼梦》《西游记》好。”在自己的感觉和感知里，自己的什么都是好的。过去，当下，未来，每一个时期对于自己的突出的优势和特长，从自我的角度来审视都尽善尽美的宛若碧玉，通透圆满，无一瑕疵。胡兰成对于自信的论文，被张爱玲一语点破个中奥妙，然后再次改变时，才发现，原来还可以这样，还可以作了另类的更为完美的处理，方法颇多，路径归一。这就是“当局者迷，旁观者清”，但这个旁观者非普通旁观者，而是层次站得高，望得远，体悟深的行家或异者。这样的张爱玲，何不令胡兰成折服呢。

如果生活给你一则选题，婚姻的最终，爱你的，你爱的；知己，情人，婚姻殿堂牵手的人，谁好呢？爱情都是有缺陷的，人格也高低不同，我们无法两全其美，倾向于，是一种本能的选择。

“‘我想过，你将来就只是我这里来来去去亦可以。’她是想到婚姻上头，不知如何是好，但也就不再去多想了。”张爱玲对于婚姻，作何感想，其实，她是想过的。“来来去去亦可以”——内含的悲哀和无奈。对于她的角度，不谈及胡兰成有特殊的身份，胡兰成也是有婚姻的男人，用通俗的界定，一个是外遇，一个是第三者插足。感情深否那是另外的话题了。因此，顺其自然，是张爱玲当时的心境，万事勉强不得。她是在这样的婚姻家庭里吃过苦的，懂得其中要理和事态，不是想与不想的问题，而是现实的捅破不是随己随他的。

求得一个缘字相识已经很难得了，相知更不易，相守，大多痴情怨女心内的最终。一生白头偕老的有几何？

随着女性解放和思想解放，桎梏千年来的男尊女卑逐步的有所发展变化，女性敢于说不，说离开，说独立，比如张爱玲的母亲就是这样的表率和个体。因此，简单的为婚姻为家庭而存在的婚嫁附和模式发生了潜移默化的改变。

“有志气的男人对于结婚不结婚都可以慷慨，而她是女子，却亦能如此。”“但她想不到会遇见我。我已有妻室，她并不在意。再或我有许多女友，乃至挟妓游玩，她亦不会吃醋。她倒是愿意世上的女子都喜欢我。而她与我是即使不常在一起，相隔亦只如我一人在房里，而她则去厨下取茶。”张爱玲想还是不想结婚，显而易见，有因缘良缘，必定是欢喜的。女子一生无非得了好丈夫才有家，虽然归属感需求的多少不论，但，许多时候是要的，即使张爱玲对于胡兰成生活现实中的不良之好没有过多斥责或不满。想是在“张家”司空见惯了，父亲的模范作用，早就将她的心理洗涤过一次又一次了，承载能力非凡。或视角的问题，生活的态度，男女的相处，许多张爱玲式的举止行为不同常人的，想即存在就有其合理性。张爱玲是冷漠，是不爱，还是其他什么？其实，什么都不是，这只是她的一种自然之姿罢了。

也许，张爱玲这种泰然处之，就是当初吸引胡兰成的地方吧。

人，往往不太追寻结果的时候，反而会落地开花，出乎意料。

这是一种道的内蕴在作祟，为与不为，经历过了，必定会有结果，而我们常常说的结果是自己想要的，或理所当然认为的。其实，结果就是结果，你愿还是不愿，最终都是一个存在。

“胡兰成张爱玲签订终身，结为夫妇，愿使岁月静好，现世安稳。”上两句是张爱玲所撰，后两句是胡兰成所写的，炎樱为媒证，旁写。

“我与爱玲只是这样，亦已人世有似山不厌高，海不厌深，高山大海几乎不可以是儿女私情。我们两人都少曾想到要结婚。但英娣竟与我离异，我们才亦结婚了。是年我三十八岁，她二十三岁。我为顾到日后时局变动不致连累她，没有举行仪式，只写婚书为定。”这场没有定数的恋爱，无意中促成了姻缘，是俩人没预想到的。

大了整整一轮的胡兰成，与花季青春的张爱玲，他们并没有鸿沟。胡兰成正值年壮，张爱玲实则心理成熟，洞察罅隙，俩人互补，其实是各自充满了对彼此还不甚透彻了解的期盼，许多变数让生活绚丽多彩起来。“我们虽结了婚，亦仍像是没有结过婚。我不肯使她的生活有一点因我之故而改变。两人怎样亦做不像夫妻的样子，却依然一个是金童，一个是玉女。”

这样一对人儿，新婚的快乐，无羁的袒露，都是俩人所想所要的状态，全然满意。

“我们两人在房里，好像‘照花前后镜，花面交相映’，我与她是同住同修，同缘同相，同见同知。爱玲极艳，她却又壮阔，寻常都有石破天惊。她完全是理性的，理性得如同数学，它就只是这样的，不着理论逻辑，她的横绝四海，便像数学的理直，而她的艳亦像数学的无限。我却不准确的地方是夸张，准确的地方又贫薄不足，所以每要从她校正。前人说夫妇如调琴瑟，我是从爱玲才得调弦正柱。”婚姻需要经营，以现代的管理科学理念来解释，经营是学术之词，而将此词概括于婚姻里，那便说明婚姻是一门学科，人和人都是这个学科里的学生，只是结业程度和高度不一样而已。”

张爱玲和胡兰成婚姻的最初，美好激情，琴瑟调和，羡煞人也。

作　为

我们都是寂寞惯了的人。

——张爱玲

恋爱中的人，可以创造世界上所有的美好。也可以将瞬间化为永恒，将永恒里的最珍贵如是我闻，一一勾勒为经典。

从 1942 年崛起，张爱玲仅仅用了短短的两年时间，这是普通作家和许多知名名家都不能及的。迅速蹿红，用这个词语来形容不为过。

张爱玲的爆发，单单地是特例，再要寻到这式样的人物，长河浩荡，或有期许，只是，那时的光景，恍隔的不是春秋了。

1944 年 8 月 15 日，张爱玲传世之作《传奇》面世，收录了 1943 年至 1944 年张爱玲发表的中短篇小说，分别是：《沉香屑 · 第一炉香》《沉香屑 · 第二炉香》《茉莉香片》《心经》《花凋》《年轻的时候》《倾城之恋》《金锁记》《封锁》《琉璃瓦》。由上海“杂志社”印行，平装，出版当月即再版。加上一篇序言《传奇 · 再版的话》，1947 年由上海山河图书公司出版《传奇》增订本，增加有：《红玫瑰与白玫瑰》《留情》《鸿鸾禧》《桂花蒸 · 阿小悲秋》《等》五个短篇，另有前言《有几句话与读者说》和跋语《中国的日夜》。均为 1945 年以内的创作，共 50 万字。1954 年，《传奇》在香港由天风出版社出版，改名《张爱玲短篇小说集》，依照 1947 年版印，加一篇张爱玲再版序。

上海的文坛，再到街头巷尾，一时间张爱玲风头不是强劲，而是超乎想象的大红大紫。

一般来说，当一个人出名的时候，有人公开批评你，无非是两种情况，或借此炒作自己；或真心内里，表达自己观点或疑惑，希望名人更为清醒和出色。

在张爱玲顺风顺水，爱情事业甜蜜大丰收的时候，这样的批评算不算噪音呢？或当事人不以为然。

迅雨的批评，一开头就说："在一个低气压的时代，水土特别不相宜的地方，谁也不存什么幻象，期待文艺园地里有奇花异卉探出头来。"这指的当然就是汪精卫伪治下的"孤岛"上海。接着又说："史家或社会学家，会用逻辑来证明，偶发的事故实在是酝酿已久的结果。但没有这种分析头脑的大众，总觉得世界上真有魔术棒似的东西在指挥着，每件新事都像从天而降，教人无论悲喜都有些措手不及。张爱玲女士的作品给予读者的第一个印象，便有这种情形。"这算是一步步在分析，逐步深入了。

好奇了，这迅雨是谁？他和张爱玲有什么纠葛，他还会在公开的报纸上说些什么？

迅雨，乃笔名。真名傅雷，字怒安，号怒庵，翻译家，文艺评论家。20世纪60年代初，傅雷因在翻译巴尔扎克作品方面的卓越贡献，被法国巴尔扎克研究会吸收为会员。他的全部译作，现经家属编定，交由安徽人民出版社编成《傅雷译文集》，从1981年起分15卷出版，现已出齐。说来，这傅雷就是"不怕事"的主，敢说敢言。20世纪20年代初期，他就读于上海天主教创办的徐汇公学，因反迷信反宗教，言论激烈，被学校开除。五四运动时，他参加在街头的讲演游行。北伐战争时他又参加上海大同大学附中学潮。这样一个人物，如果他一旦挥笔，必是吐露直言不讳了。

他大致是这样来解读张爱玲的《金锁记》的，择其一二说。

"《金锁记》是张女士截至目前的最完美之作，颇有《狂人日记》中某些故事的风味。至少也该列为我们文坛最美的收获之一。"迅雨的褒义之词毫不吝啬，甚至与《狂人日记》作了对照，这是极大地肯定这部《金锁记》。而下面笔锋一转，道了这篇评论的写作真实：

“没有《金锁记》，本文作者决不在下文把《连环套》批评得那么严厉，而且根本也不会写这篇文字。”因为之前你写得好，是好得不得了，然而，再写的作品却是大相径庭的水准，这也表明了他一直关注作品，关注张爱玲，其心可鉴，他想看到更好的作品。

“在作者第一个长篇只发表了一部分的时候来批评，当然是不免唐突的。但其中暴露的缺陷的严重，使我不能保持谨慈的缄默。”先生直接指出，表露惜才之心。

他还指出：“《连环套》的主要弊病是内容的贫乏。已经刊布了四期，还没有中心思想显露。”“错失了最有意义的主题，丢开了作者最擅长的心理刻画，单凭着丰富的想象，逞着一支流转如踢踏舞似的笔，不知不觉走上纯粹趣味性的路。”“《金锁记》的作者不惜用这种技术来给大众消闲和打哈哈，未免太出人意料了。在扯满了帆，顺流而下的情势中，作者的笔锋“熟极而流”，再也把不住舵。《连环套》逃不过刚下地就夭折的命运。”感怀这些肺腑之言，如果你是这个作者，是已经扬名了的红人，你会怎么看，怎么感觉？

但是，先生的话还不得不说完全了。“我们不能要求一个作家只产生杰作，但也不能坐视她的优点把她引入危险的歧途，更不能听让新的缺陷去填补旧的缺陷。”“技巧对张女士是最危险的诱惑。无论哪一部门的艺术家，等到技巧成熟过度，成了格式，就不免重复他自己。”换作当下，我们去凭直接感知一下，去批评一位当红作家的勇气。这是其一。其二，如果你是那位当红作家，你愿意接受这样的评论吗？这里的接受是心悦诚服，或者没有思想芥蒂的接受，带着有则改之、无则加勉的态度，能做到吗？其实，哪有答案啊！小到现在的网络文字，高到某些大刊物或出版社的作品，能真心接受对自己批评和指导的评论的作者有多少？

这个评论，给了张爱玲极大的刺激！

不过，刺激是催化剂，是催生最大能量的最佳手段。

《传奇》，就这么地神奇地被激化诞生了。所谓传奇，肯定有不一般的经历，一部著作的酝酿前后，多有不为外道的故事，这就是出版《传奇》的一个小插曲。

或许，作为作者，每个人都希望自己的传奇像张爱玲的传奇一样，有个发酵破土的机遇。想想，别有意味。

“书名叫《传奇》，目的是在传奇里面寻找普通人，在普通人里寻找传奇。”张爱玲这是对谁说的，有所指吧？《传奇》出版后畅销一时（四天即再版），算是对迅雨先生结语“一位旅华数十年的外侨和我闲谈时说起‘奇迹在中国不算稀奇，可是都没有好下场。’但愿这两句话永远扯不到张爱玲女士身上”最直接、最有力的答复。

一时的好气，迅速出版的《传奇》，张爱玲走向了人生的巅峰期。

但是，先生最后一句话，在我们今天看来，似乎成了魔咒，桎梏在了张爱玲的身上。又或许多人说的下场预见罢了。作为人，每个人的归属，从瓜熟蒂落到嗷嗷待哺，再到少年青年，而立、不惑，都是循着一个自然轨迹，而这个轨迹，便是一个人走向最终结局的因缘际合了——从哪儿来，去往哪儿？张爱玲，孤独却不寂寞，在寂寞中开出花来，一样的灿烂美丽。只是，我们无法去感知这种心境，没有人能走如她一般的人生轨迹，这是根本！

对于迅雨的批语，喜欢直接行事的张爱玲做出反应。在出版《传奇》的同时，张爱玲发表了一篇四千五百字的《自己的文章》，暗驳迅雨。

文章开头平淡，像是在与读者闲话家常：“我虽然在写小说和散文，可是不大注意到理论。近来忽然觉得有些话要说，就写在下面。”“现在似乎是文学作品贫乏，理论也贫乏。我发现弄文学的人向来是注重人生飞扬的一面，而忽视人生安稳的一面。”

“极端病态与极端觉悟的人究竟不多。时代是这么沉重，不容那么容易就大彻大悟。”

张爱玲是沉稳的人，这驳论写得态度高低恰好，极富才情。而且，在驳斥的同时，也前后对照创作因由进行自省。这就很中肯了。“我甚至只是写些男女间的小事情，我的作品里没有战争，也没有革命。我以为人在恋爱的时候，是比在战争或革命的时候更素朴，也更放肆的。”“我喜欢素朴……我也并不赞成唯美派……美的东西不一定伟大，但伟大的东西总是美的。”这句话很令人心动，凡是伟大的东西，它一定美！这是人间定律，不管外表，不管内里，不管什么形式的结合，让人永恒记忆的，必定很好。“只是我不把虚伪与真实写成强烈的对照，是用参差对照的手法写出现代人的虚伪之中有真实，浮华之中有素朴，因此容易被人看做我是有所耽溺，流连忘返了。”

而文章的结尾，张爱玲心性展露：“有时候未免刻意做作，所以有些过分了。我想将来是可以改掉一点的。”到底她是改，还是不改，还是所谓的客套了？其实，以张爱玲的性子，这句话真有点谦虚的感觉。她不受人左右的思想，除非自我通达了想法，其他人根本不能改变其任何一点。这就是张爱玲。迅雨批评的《连环套》，张爱玲中断了，也没收录作品集子里。后来，1976 年，《连环套》作为“出土文物”收入台北皇冠出版社的《张看》一书，张爱玲在自序中道：“《幼狮文艺》寄《连环套》清样来让我自己校一次，三十年不见，尽管自以为坏，也没想到这样恶劣，通篇胡扯，不禁骇笑。”“当时也是因为编辑拉稿，前一个时期又多产。各人情形不同，不敢说是多产的教训，不过对于我是个教训。这些年来没写出更多的《连环套》，始终自视为消极的成绩。”

回过头去，几十年过去了。这事才真正地有了一个更为清楚的论断，难免乐了。

成长中，难免会有得意境界高处，如若没有抑制的清醒，有的人或会夭折。这样的时期，对你批评建议的人，那才是真正的导师！

如 果

人生最可爱的当儿便在那一撒手吧？

——张爱玲

对婚姻的憧憬和调和，按理说胡兰成是“熟手”，该是理论和实践皆好的人物。实则不然，没有太多情感经历的张爱玲，在家庭和谐与情趣的把控上也让胡兰成自愧不如，常如学生般谦逊和好奇。

“前时我在香港，买了贝多芬的唱片，一听不喜，但贝多芬称为‘乐圣’，必是我不行，我就天天刻苦开来听，努力要使自己懂得它为止。及知爱玲是九岁起学钢琴学到十五岁，我正待得意，不料她却说不喜钢琴，这一言就使我爽然若失。又我自中学读书以来，即不屑京戏、绍兴戏、流行歌等，亦是经爱玲指点，我才晓得它的好，而且我原来是欢喜它的。《大学》里说：‘所谓诚其意者，毋自欺也，如恶恶臭，如好好色。’我是现在才有了自己。”张爱玲不喜欢钢琴？胡兰成这一问，张爱玲再一答，哑然。其意，何解？张爱玲小时候是热爱钢琴的。但是有三件事让她再不会爱上钢琴了。之前提到的清晨练习钢琴惹怒父亲和后母挨骂的事。再是父亲对于练钢琴不予支持不给费用的问题。最后是在学校那一段难忘的日子，钢琴老师的厉害教学，动则动手敲打，让张爱玲一听见钢琴课就全身发颤。试想，一个小孩，如果经历了这些事件后，对钢琴还有热衷吗？张爱玲兴趣爱好广泛，而信手拈来的知识面，让胡兰成充满了许多惊喜，他特别喜欢这样的感觉，觉得“我是现在才有了自己。”

人生碌碌，许多不懂，浅薄，一下子明白了世间原来还有许多有意思的，并不知晓，而自己心爱的人却如数家珍地人事，何其乐哉！

“张爱玲是民国世界的临水照花人。看她的文章，只觉她什么都晓得，其实她却世事经历得很少，但是这个时代的一切自会来与她有交涉，好像‘花来衫里，影落池中’。一日清晨，我与她步行同去美丽园，大西路上树影车声，商店行人，爱玲心里喜悦，与我说：‘现代的东西纵有千般不是，它到底是我们的，于我们亲。’”少年爱诗歌，中年写小说，老年作散文。有时，会将年龄层次作为写作的一个导向和风向，说是年轻人的激情适合抒发万千豪情，于是，诗歌成了最为贴切的一个文种。再者没有生活阅历的人，写不出跌宕的小说，而中年时期的思考和感悟最为深沉和多发。老年万事于心中，自然赞叹和吟哦，散文当属佳选。这样一比对，张爱玲年纪二十余，写小说倒是早了些，更别说她怎么就写出这样的小说呢？深邃、老道、自然挥发的佳作。

在胡兰成眼里，张爱玲的多才不是他爱的极致，而性格乃是与之投缘相好的真正内因。“中国人说天意，说天机，故又爱玲在人世是诸天游戏，正经亦是她，调皮亦是她。我是从爱玲才晓得中国人有远比西洋人的幽默更好的滑稽。汉乐府有个流荡在他县的人，逆旅主妇给他洗补衣裳“夫婿从门来，斜倚西北眄”。我与爱玲念到这里，她就笑起来道：‘是上海话眼睛描发描发。”再看底下时即是“语卿且勿眄’，她诧异道：‘啊！这样困苦还能滑稽，怎么能够！’……这种滑稽是非常阳气的糊涂。”孩子般的张爱玲，活得很真实。为什么有大人和孩子的区分，除了年龄的划分，其实，透明的，清澄的，流水般的深瞳一览无余是孩子的特征，他们看到事物是山就是山，山水没有分别。但一旦长大成人，我们大多便见山不是山，见水不是水了，更多地去分析、揣测、琢磨事物的内在与因由，自然的，一根杠杆就可以撬起各种变化了。胡兰成是复杂的一个人。背景复杂，心思复杂，各种复杂的结合体，遇见一个不复杂的坦诚着心扉的这么一个天使，何来不爱了。

他说：“她的脸好像一朵开得满满的花，又好像一轮圆得满满的月亮。”如果，永远有这么一轮圆圆的脸，那该多好啊！她是开满的花，她如果不是那一朵开满的花多好啊！想着满，那么的绽放与肆意，那么的艳丽而骄纵，一下子让人闻到春色。而冬来，春也会走远……

“夏天一个傍晚，两人在阳台眺望红尘霭霭的上海，西边天上余晖未尽，有一道云隙处清森遥远。我与她说时局要翻，来日大难，她听了很震动……她道：‘这口燥唇干好像是你对他们说了又说，他们总还不懂，叫我真是心疼你。’又道：‘你这个人嗄，我恨不得把你包包起，像个香袋儿，密密的针线缝缝好，放在衣箱里藏藏好。’……她在身旁等我吃完茶，又收杯进去，看她心里还是喜之不尽，此则真是‘今日相乐，皆当喜欢’了，虽然她刚才并没有留心到这两句。”政局是一个谜，谜面，总有些人会“未卜先知”。当时的乱世，身为汉奸的胡兰成自是清楚时局走向。一番话，今日一说，别无他日了，夕阳无限好，只是近黄昏。胡兰成知道，他们的日子就像此刻即将来临的暮色，在暮色之前，还有一抹最后的余晖在互暖。张爱玲不知，他却惶恐着极力享受最后欢乐，至少，此刻的他想与心爱的女人在一起，度过每一个日暮时分。或，如果不是他的离开，这日暮，也只是多几天少几天的问题。胡兰成的离开，意味着的不全是分离的阵痛，其实更多的是自然的走向，与胡兰成本身有关。人一旦立场站错，站在人民的对立面，站在民族的对立面，无论如何，都没有好下场了，更别说前程。张爱玲“失之东隅，收之桑榆”。往往是看不清这点的，将感情放在人生的一个高点后，那么，再没有了自我。

“我只给过她一点钱，她去做一件皮袄，式样是她自出心裁，做得来很宽大，她心里欢喜，因为世人都是丈夫给妻子钱用，她也要。”小说极为畅销的张爱玲，已经足够养活自己了。而胡兰成偶尔的小钱，已是让张爱玲像孩子般快乐，好似一种该又不该的，反正是极为意外又在意料之中的事情，充满了矛盾，这矛盾肯定是好的催化剂。她吃钱的苦头，一生太多太多，凡是有点出乎意料的给予对她来说都是欢欣鼓舞的事情！

好景，在时光的侧影里，慢慢走近黑暗。

“他们的有朝一日，夫妻亦要大限来时各自飞……爱玲道：‘那时你变姓名，可叫张牵，又或叫张招，天涯海角有我在牵你招你。’”他，有朝一日确姓张了，只是，不叫张牵，她也不会再牵到他的手，日月轮转，流水不复。他，终是要走了。

于张爱玲，坏事？于胡兰成，好事？

人生停停走走，走走又歇歇。哪儿黑哪儿住，一个缘字，不管深浅，都是刻骨的锥疼，无人替代的感触。只是，有些人薄情些，很快忘了。有些痴迷着，越陷越深。张爱玲可以通过笔触看清社会种种，看清世上人来往的底数，但，谁也不能看清自己的未来。可怕的是在迷局中转来转去地不舍和伤心。

“爱玲喜在房门外悄悄窥看我在房里。她写道：‘他一人坐在沙发上，房里有金粉金沙深埋的宁静，外面风雨淋琅，漫山遍野都是今天。’”

楚　歌

也许每一个男子全都有过这样的两个女人，至少两个。娶了红玫瑰，久而久之，红的变了墙上的一抹蚊子血，白的还是“窗前明月光”；娶了白玫瑰，白的便是衣服上的一粒饭粘子，红的却是心口上的一颗朱砂痣。

——张爱玲

这么多年以来，“张迷”们一直惋惜的是，那一纸婚书的重量，在胡兰成心中，意味着什么？而又在张爱玲内心深处，是何等的珍贵。

只记得，时局不稳，革命的曙光早将上海的天捅破，日本鬼子和伪政府的时日，可以作天数来算计长短了。这些，胡兰成心里多少是有数的，他与张爱玲的结合，换作其他一个成熟负责任的男人来做，或还会这么选择靠拢吗？她只是岸上一位不谙水性的女子罢了，而这个人，虽不是最爱的，也算情人知己的范畴了。更何况，他也佩服这个女人，知晓她对外面世界的不太关心和留意。他，其实早就知道故事的最终，只是缺一个打破的机会。但，他为何还要与张爱玲结为连理，还信誓旦旦地写下了誓词：愿使岁月静好，现世安稳。如若他懂政治，懂社会，懂一种必然的走向，这一句经典显然就是世界上最大的一个谎言了。是爱情冲昏的头脑不清醒，还是其他呢？只觉得，让人发怵的小憎恨。再美的洋溢，只觉得当时极好，在局外的人看来，一纸荒唐言，那经岁月寒。

昙花极美的一瞬，在黑暗中痴痴一放的轻咛，便是一生了。

胡兰成看到了大难临头各自飞的预兆，有意无意地向张爱玲传递着一些信息。在时局风向上反应较为迟钝的张爱玲，并没过多介意和关注变化，茶是照吃，继续作文，说好的书，一概两耳不闻窗外事的清浅生活，像她这样的异数，在上海滩沸腾的大熔炉里，少有的行为。

终是呆不住了，胡兰成便寻了机会去武汉主持《大公报》。这一走，一切平衡打破。

在武汉的日子里，胡兰成是洒脱的。离开紧张局势里的暂时束缚，心思也多了清闲。这《大公报》里一群放牧他乡的知识分子，也莺莺燕燕的活泼起来，各寻心中的所爱。

胡兰成的懂女人，首先得力于他有女人缘，颇得女子的欣赏。而欣赏他的女人，年龄、层次、地位、身份相差悬殊，青春年少的，大到可做姐姐的。有贵族出身的，有普通老百姓。有护士，也有长辈身份的家庭主妇。很是让人不得其解，一个顶着汉奸身份的男人，何种解数惹得这么多女子的垂青呢。

有人说，胡兰成的博爱，可以和贾宝玉并论着。但许多人嗤之以鼻，贾宝玉是极为尊重女性，尊重女权的，爱了的只是林黛玉，尽管大观园里的知己妹妹众多，却心有所属。胡兰成何以有可比性呢？女性在胡兰成心中，是儿女情长，是知己情人，还是一种博爱的消遣。答案或许不能那么单纯定位，但，胡兰成除了死去的妻子，与他生活的其他女人，要获得其心是很难的，永世不离，那只是一种美好的愿景而已。所以，张爱玲与他，无论遇到什么情形的变化，都会有尽头，只是，交给时间来定论长短。

周训德是一名护士，很年轻的一位小姑娘，能干，活泼，自有性子。与胡兰成的交好，不能说谁与谁的错了，俩人都是这场情感游戏里的人物，胡兰成不羁，周训德不自爱，他们明知道彼此的现实，却不管不顾地走到了一起，到底是感情抑制不住的到位，让胡兰成忘了上海还有一位妻子，他们还有一纸婚姻的牵绊啊！可是，现世真的不安稳了，岁月虽然静好，却不能成全了对爱依旧祈盼的张爱玲，他们真的是一纸纸婚的情定，薄而透，一捅就破。

1945年3月，胡兰成回到上海与张爱玲小住了一个月，将在武汉的与周训德的情形说给了张爱玲听。先不说张爱玲对此事的感觉和态度，在想，胡兰成是怎么说出口的，这话，这事，这人，何以有勇气和道义说给自己的妻子听——我，有外遇了！是胡兰成觉得自己做错了什么给张爱玲忏悔，还是这事自己做了，不该瞒着妻子，或是这种事很正常不过了，知会妻子一声，让她明明白白。但有一点可以确认，胡兰成不爱张爱玲，但凡自己爱的人，这样的话出口代表的必是残酷与伤害。胡兰成薄情寡义吗？答案肯定！说张爱玲不疼，绝对是一种虚假的表象，对家庭经历过这样风浪的张爱玲来说，选择安静和沉默，无奈地暗自伤心，她别无选择了。这种伤痕，在一个月的卿卿我我的磨合日子里，张爱玲或许依然觉得丈夫是爱自己的，忠于最初的誓言。这种相信和想法，一直伴随着她的痴迷走下去。

她静静地等待着丈夫的抉择，或周训德，或她，需离开一个。她韧性是好的，没有急于求成，只待答案，张爱玲实则坚信着自己在胡兰成心中的位置无人替代。却不知，喜欢白玫瑰，也不会拒绝红玫瑰的胡兰成骨子如此而已。回到武汉的胡兰成，很快忘了选择一事，继续与周训德厮混。于是，便想到了，在上海的张爱玲，得知这个存在的事实，会是怎样的心境？

没来得及，也是无法做出选择的时候，时局的冰破了。1945年8月15日，日本天皇无条件投降，中国光复了。一切傀儡和伪政权全部解体，而不识时务的胡兰成，却在这最后的时刻受指示策划“武汉独立”，这必然失败，落荒而逃的他成了通缉的要犯，逃回上海与张爱玲见了最后一次面后，便开始了下半生的流亡生涯。

而这种险境下，多情的胡兰成，又演绎了一出爱情精彩剧。这次的主角范秀美，是一户人家的姨太太，他们以夫妻的名义逃到了温州同居。虽然外界风声很紧，但胡兰成的小日子却没耽误，可怜了张爱玲的牵挂心思，在上海，无时无刻不担心他的安危。终于在胡兰成的密友处探得秘藏地址，单身一人上路，在纷乱的时局中，冒着大风险去找胡兰成。

胡兰成也许从没料到张爱玲会去找他，他这么一个汉奸，不是西山日暮的问题了，而是在死穴里生存的人物，见一个人都会躲避或受到正义人士诛杀，何来想念他之人？对于张爱玲的情感，或许他自己也没有想过会有如此的深沉。张爱玲的到来，对于胡兰成，或有少许感动，但，终究是物是人非，当前境况，一个逃亡，一个无怨地追随，为哪般呢？是不可能回去的了。胡兰成是知晓的，张爱玲或许认为，只要胡兰成心里终是自己，那么什么都可以重新来过，隐姓埋名与他一辈子也甘愿。

他们住在一个小宾馆里，胡兰成住的地儿不敢让她去住，一是他与范秀美名义同居的，再来一位太太不是惹人生疑？其二是三人一个屋檐下，毕竟说不过去，更何况张爱玲并不知晓他的这段新情缘，这是多么令人伤悲的一个场面啊！

站在局外，一切清清楚楚的明了，而局内人还在最后的甘愿，只要你还爱着，我们就可以继续，

“你与我结婚时，婚帖上写现世安稳，你不给我安稳？”

胡兰成答道：“我待你，天上地下，无有得比较。若选择，不但于你是委屈，亦对不起小周。人世迢迢如岁月，但是无嫌猜，按不上取舍的话。”

是胡兰成太过现实，还是张爱玲真的太执着了？爱，圈圈绕绕的，何时一个原点，回到最初啊？“你是到底不肯，我想过，我倘使不得不离开你，亦不致寻短见，亦不能再爱别人，我将只是萎谢了。”

情已至此，何以追忆。张爱玲的一生，被情抬起星空辽阔，也被情一击而中地疼。“我从诸暨丽水来，路上想着这里是你走过的，及在船上望得见温州城了，想你就在那里，这温州城就像含有宝珠在放光。”作了有情男子，听闻这样的表白，几许感想，几许感动？

在朦胧的烟雨中，江南雾霭，一把油纸伞下，是雨，还是闪烁的点点晶莹，打湿了一条泾渭分明的来时路，它即是归去途。

多少楼台，曾经五百年相思的回眸。此去不相逢，问苍穹，或不作了言语。

当糊涂。却是玻璃心，碎了，刺向内里中。

“那天船将开，你回岸上去了，我一人雨中撑伞在船舷边，对着滔滔黄浪，伫立涕泣久之。”

悲作悲，一世苦，谁懂她的执着和苍凉，源自的根由。沉睡了，天才的一个梦！

放　生

生在这世上，没有一样感情不是千疮百孔的。

——张爱玲

一声响亮，天，在翻云覆雨后彻底归于了平静。

中华人民共和国的诞生，中国共产党孕育了一个崭新的世界，暴风雨浣洗后的彩虹澄亮亮地映照了祖国的每一个角落。载歌载舞的人群，欣喜的老百姓一夜之间做了主人，这抑制不住的兴奋，空气间流动着温润和潮湿，土壤似乎一时间全部抽穗着新泥的鲜气，以此迎合这历史辉煌的一刻。无处不在的厚积薄发，胜利了！革命的旌旗红艳艳地招展，随风而舞动一个春天。

这是千年的等候和祈盼！

而对于窗外的这一切喧闹和火红，张茂渊和张爱玲姑侄，尽显平静，倒是一抹最为清亮的色泽。她们是封建贵族家庭出来的当事人，看经的繁华、盛世、凋落、无奈、悲悯太多太多，对于政治和社会，在她们的眼里是正常不过的变迁，不对立，不过多的激进。这些年来，大上海所处的三角地带，留有的空白，给了没有太多政治色彩和观点的张爱玲全方位的发展契机，在这个开放的大城市里，写饮食男女，道门庭盛衰，说莺莺燕燕的无关时局的身边的大小故事，这样的土壤汲取的水分，便是张爱玲这样的文字食粮，似乎就是为张爱玲式文字酝酿的一个小天地，换作了他方，或另一个时期，或许就没一个张爱玲了。时事造就人才，天意成全有心人，许多的必不可少是张爱玲发展特长、卖文为生的良好大环境。张爱玲所写的，所表达的，正是那个时代背景的产物，是日落西山薄凉的代言人，一手签发封建社会谢幕的最后通牒。她的文章着眼点，高在以敏锐的洞察力，女性的全视角，新颖的写作法，毫无做作地讲述发生在身边的许多人和事，她与你说，不是告知你，或占有你的眼球，她让你进去作了一个角色或见证人，你在其中，又离得远远的雾霭中，感受平和中某笔犀利的贯穿，或在犀利的那一抬手间，只看见了一个苍凉的手势，无言，却让人沉思。

张爱玲文字的崛起，得了天时地利人和之势。

姑姑还在电影公司任职，闲暇之余，在火热的喧闹喜庆中，她们独处一隅。一起看电影，熟人点头微笑，不过多应酬，始终保持着之前的生活状态。但是，即便如此的沉静，眼光是在不断地关注和审视着周围世界的，变化着的一切，特别是对于卖文为生的张爱玲来说，更是如此。

在与胡兰成纠葛的几年间，张爱玲一直没有中断过对胡兰成的资助。逃亡中的人，生存是根本，而生存必须有生活的收入来源，胡兰成的汉奸身份，显然工作是不可能的。有了稿酬，张爱玲是尽快地毫不犹豫地寄去与他，即使他们的婚姻早已名存实亡或已经离异了，张爱玲都没有放弃过这个男人，直到后来情形好些。在 1947 年 6 月 10 日的时候，胡兰成收到了张爱玲最后一封信，信上表明了张爱玲最后的疼痛。“我已经不喜欢你了，你是早已不喜欢我了的。这次的决心，我是经过一年半的长时间考虑的，彼惟时以小吉故，不欲增加你的困难，你不要来寻我，即或写信来，我亦是不看的了。”信中还附上了张爱玲《太太万岁》、《不了情》的 30 万稿酬。这一段文字，先不谈他们的破裂，说说这写信的时间。张爱玲选在在胡兰成逃亡两年后，“小吉”，即小劫数基本转安后才正式地写了这封绝情信，想来除了看清，想通，更重要的是仍然牵绊这个生命里的男人，希望他安好，不予压力。这种发自肺腑的爱，在当时，甚至在当下，也是没有几人能做到的。张爱玲的爱，或许不仅仅地停留在了男女感情之上，作了责任来担当有这么一份因素吧。

在胡兰成的心中，在家人的眼里，包括姑姑张茂渊，张爱玲都是爱钱之人，有小气之嫌。但，在胡兰成处于这种情况下，张爱玲毫不保留地寄予自己财力的所有，她自私吗？她如胡兰成所诉述那样充满了斤斤计较吗？张爱玲生活中会盘算，她会在市井中小百姓模样般采购生活必需品，她也会将收支预算得好好的，不多用，也不会委屈了自己。她会将自己打扮得光艳，不失了爱美的初衷，她是很矛盾的一个人，一方面的极其严谨苛求花钱的行为，一方面又大方的支付自己所爱的。她其实是一个会生活的人，自己养活自己，自己奋斗自己的生活而已。一个自由的职业人，为自己骄傲和认可。

这一完美的撒手，张爱玲与胡兰成的故事，变作了许多人一直追究与探讨的话题。爱与不爱，都不重要了。

当初，人生灰色的张爱玲，遇见了她的天，一个可以给她心灵庇护，感知她心内脆弱，调色了她世界色彩的男人。这男人，虽有万般不好，但是，生命自此有了他，张爱玲的周围都是橙红的，像极了当初母亲调和的屋子，她那般的喜爱极了，那是她欲求的希冀与亮色，一生中，唯有这个男人——胡兰成，给了这么一段小阳光。她感谢他的，不仅仅是感情，因为他对她空白的填补，今生今世，都不会因为不爱而抹去了曾经的光彩！

红玫瑰和白玫瑰的美好，谁能兼得之？放生，即被放生。

许多的隐忧，张爱玲不敢轻易下笔了。她是理性而冷静的人，对于政治的不热衷，或也没有这个头脑去热衷。而左翼作家笔触下的强烈社会责任感和知识分子的救世之心，传递的思想、人民的疾苦等等，都不是张爱玲善于或者自己喜欢表达的文字方式。她的作品不与政治太多沾边，但是，也极有现实意义，只是题材的摄取，那些侯门高墙的兴衰史是不能不合时宜写了，莺燕似的情爱故事或也不是时候。那到底写，还是不写，写什么呢？张爱玲自己也在思索。作为自由的职业作家，卖文养活自己这个路子不能断了。且，张爱玲是离不开这支笔的，如果真有一天不得不离开，也是不能写或写不了的时候了。

张爱玲困惑着，矛盾着，她始终在寻一条路径接轨现实，以她的灵秀之心，是有这样的契机的。才不是问题，题材才是重点。

有一次，一个朋友问她："无产阶级的故事你会写么？"

她想了一会儿说："不会，只有阿妈她们的事，我稍微知道一点。"后来，张爱玲侧面打听到，旧家庭里的老妈子不算无产阶级，她也就放弃了写这些。张爱玲忠于自己的思想，我不知，不懂，我便不写。即使娇柔的粗制滥造出来，那算什么呢？

在尴尬、矛盾、疑惑、不安中，张爱玲还是提起了笔。作为社会一份子，其实外面的世界还是感染着她，不管她的窗户多么的延时不透风，这也算是作家的一种敏锐力了。

这个时候，张爱玲身边多了一群充满战斗力的上进人物，他们的昂扬引领了她积极地参与进来。其中，著名编剧、导演桑弧与张爱玲缔结了极为深厚的友谊，他们的感情，一度成了人们猜读的迷局。这谜面一直似有似无的模糊不清，没有一个最终的答案。

桑弧，原名李培林，浙江宁波人，1916 年生于上海，中国著名导演、编剧。抗日战争胜利后，入文华影业公司任编导，创作了《假凤虚凰》，并导演《太太万岁》、《哀乐中年》、《不了情》等影片。20 世纪 50 年代任上海电影制片厂导演、艺术委员会副主任，先后编导了影片《祝福》、《梁山伯与祝英台》、《春满人间》等。1981 年，他改编并独立执导根据茅盾长篇小说改编的同名影片《子夜》。

桑弧和张爱玲的认识和合作，是在张爱玲与胡兰成情感走进了决裂期。这期间张爱玲一直保持着一种低调的形象，默默承受着感情与事业上的打击，没有发表文章。但此时的桑弧在电影事业上正冉冉上升，通过柯灵介绍，她们认识了。桑弧对张爱玲的作品是熟谙的，欣赏其才气和灵气。于是邀请张爱玲为文华电影公司写电影剧本，张爱玲面露难色，说她没写过，很陌生，最后经力劝，决定试试。虽然没写过电影剧本，但张爱玲在早期的文学创作中已经受到了电影的影响，有意识地借鉴了一些电影语言的技法。于是很快写出了《不了情》，1947年2月，《不了情》作为文华公司的开山之作正式开拍，导演桑弧，主演为舒适和陈燕燕。这部影片只花了两个月的时间就完成，上映后一炮打响。借着《不了情》的轰动效应，桑弧再请张爱玲创作了《太太万岁》。这部影片哀而不伤，悲喜交集，桑弧对于喜剧的把握在这部影片里已经成熟。当时桑弧31岁，张爱玲26岁。

桑弧与张爱玲的背影，他们交错中的模糊和温暖，欲说还休。

掩卷 匠人

1

来日方长。打磨一面镜子
逢源的专注，罅隙凹凸不平
伪装形式上的深奥

假如赐死虚与委蛇
匠人，祖先，还有焚香净身的神灵
八仙桌开光，墨弹的笔直。四角难得的
均衡

或方作圆
东西作南北的经纬。棱是棱，多了
全角的谈资，大面积持平

2

原始很近，朝觐山水一程
适合平缓心跳

其实野竹林有风

有袅动不见得倾城的浪头。阳光小肥沃
这年头或清凉，也由着性子放纵绿穗子

我在下弦月呆了几个时辰。神似的
坐如针尖的落音，遁入禅定的轮回
尘世关隘，徐亮的
阴晴圆缺，过了圣山，波光一夜间
嫩紫的绵长。远方婆娑

3

我的旧习，多了一些呓语
不喊疼，三二一。目测里外的距离

脚步不及弓长
遥寄一两姓氏，几笔，天涯不远的
相见欢，缜密开放的簪花小楷，整一寸，一寸的
嵌入。落款，踌躇不前

提笔时
多余的预见，柔软溃不成军
造次一场约定，我在路转时。
寻
一只山鹰自顾自怜，倒挂的峰峦
一根羽毛引擎的凌乱。波心失氧。承接相见欢？

水体泛出盐分。小桃花
很轻，很轻的跨了碧潭。雾草丰美得
兀自站起来

第六卷 Chapter · 06

说与开去，一抔黄土掩桑榆

终于慢步下来，只想好好地与你对坐。或无言，亦可吃茶，三两叫卖声从玻璃下擦过，黄昏便降下来，我看见一轮初生的银辉，在你的瞳孔中，没有半分波澜。月牙似的围堵着蓝色的一串串坠着、欲落将落……

坚信最后的余温，握着的珠子，远比生命的过程更为圆润。

你哭，你笑，你疼过的神色，没有分明的轮廓了。在彼岸，闭门谢绝的最后，不是孤独伴随，而许多年后，谁懂，寂寞在唱歌，在尘埃里开出花来的最初，也是这般模样，清醒着，舞蹈。

别猜，也不必为一时半刻的迷惑去深究，当人生真实地来了一回经过，无悔！

你无论在摇椅上，在睡梦中，在水墨的江南行舟。此刻，你都是透明的，杜绝哀伤吧！

为来路的相逢，为去时的见字如面。

一抔黄土啊！升起的月色，铜钱般的小圈，掩着锈蚀。

那是谁的眼，泛黄了过去。和将来的生生世世。

起　点

> **对于不会说话的人，衣服是一种语言，随身带着的是袖珍戏剧。**
>
> **——张爱玲**

1947年对于张爱玲来说，是一个告别悲情又孕育新生的年份。

告别了三年的婚姻，张爱玲这一苍凉的转身，抖落的倾城之恋，碾作了今生今世的滚滚红尘。

而结识桑弧和龚之方后，他们予以的鼓励和帮助，唤醒了在文学上已经沉睡的张爱玲。电影《新不了情》、《太太万岁》的走红，更加树立了他们合作的信念和信心。继而想将张爱玲的《金锁记》搬上荧幕，1948年，确定好的第三度合作，因为女主角张瑞芳久治不愈的肺结核，以及动荡的时局，最终不了了之。很遗憾，张爱玲最为经典的小说《金锁记》没能在桑弧的手中留影一次精彩，赋予了这种疼最真切的想念和期盼。

在电影剧本上大获成功的张爱玲，又开始发表小说了，她为《大家》创刊号创作了《华丽缘》，又将《不了情》的剧本改成了中篇小说《多少恨》，桑弧和龚之方等人还积极帮助张爱玲策划出版《传奇》的增订版。一切又似乎有了崭新的开端，张爱玲的心情开朗了，对朋友热情了，也会与人聊天，有时听到好听的故事还会哈哈大笑。

桑弧是土生土长的上海人，他一直对市井小民的琐屑生活保持着兴趣，这使得他的电影有一种独特的品质，不同于左翼的慷慨激昂，也不同于一些商业片的一味媚俗。在这一点上，倒是与张爱玲的创作思路有异曲同工之妙，也是俩人能相互合作，共同进步的根本因素。

10岁时失去父母的桑弧，一直由大哥照顾抚养。他为人忠厚，性格拘谨，多才多艺，是不可多得的青年才俊。他与张爱玲的距离，自然的相近。或许，周围的朋友，都认为他们会有一些该发生的故事，也期盼这个故事的延续。但是，对于有过汉奸妻子特殊身份的张爱玲，桑弧的大哥这个坎是过不去的。一旦牵涉到莫名的政治纠葛，这个中规中矩的家庭，无论如何不可能答应他们进一步发展的，这是无法逾越的鸿沟。而换作张爱玲自己，决不肯将自己的所谓“污点”带给桑弧及他的家庭不必要的麻烦。桑弧对张爱玲的提携和无怨的帮助，每一个朋友都看在眼里，也试图撮合二人，但张爱玲听后不言语，而是摇头，再摇头，三摇头，意思是不可能。她不会拖累他！

他自是才华横溢，所拍摄的作品，经典许多。有人对桑弧的影片有这样的评介：“没有黄钟大吕的宏亮，亦没有交响乐的激昂，而更接近于一把悠扬的胡琴，平缓却委婉地演绎着凡俗的小曲。桑弧置身在时势的漩涡之外，却俯首于情感分合、家庭摩擦、亲友关系的世俗纠纷之上，以揶揄的态度对之进行喜剧式的讥讽。他的作品浅显而生动，虽缺乏大历史的深度但有着人生的质感，尽管只是芸芸众生的悲欢离合，却也力透纸背地表达了活着的幸与不幸。桑弧的艺术成就甚高，《亚洲周刊》在1999年评出的20世纪100部中文电影中，桑弧的作品就有三部，包括《梁山伯与祝英台》《祝福》和《太太万岁》，数量比蔡楚生和张艺谋都多。”

中华人民共和国成立初期，这么两个特殊的人物，遇到特殊的年代，他们发展的空间和可能性基本关闭了通道。加上小报火上浇油的炒作，更是绝了前路。

张爱玲在沉寂一段时间后，找到了文字的切入方向，于是开了一部新作《十八春》。她这次是非常谨慎的，用了“梁京”的笔名在《亦报》上连载，这是新中国成立后张爱玲的第一篇小说，也是第一次用笔名写文，颇有投石问路的意味。

张爱玲凭借他人难以比肩的深厚功力，《十八春》赢得了读者的青睐，又一次获得了空前的成功！连载还没完，有许多读者就开始问

“梁京”先生何时开篇下一部书。《亦报》的编辑更是积极提前约稿张爱玲。张爱玲答应在修补《十八春》完成后进行。后来，另一部新开篇的小说《小艾》就成了张爱玲上海的收官之作。

与此同时，《十八春》交给《亦报》发行单行本。炎樱一直也在为张爱玲的《传奇增订本》设计封面，似乎一切向好地按部就班地走着。

1949年，夏衍到上海接管上海市文化工作，重新组织文艺界兴办刊物报纸。对于张爱玲，夏衍是惜才爱才的，1950年7~8月间，夏衍安排张爱玲随上海文艺代表团到苏北农村参加土地改革两个月，从此时起到离沪赴港这两年间，是张爱玲同中国大众形似最相近的一段历程。

1952年，张爱玲选择了离开上海，去了香港。如果问及原因，许多的内里，小到鸡毛蒜皮的穿衣打扮，对于张爱玲这个爱美的女子来说，中华人民共和国成立后的湖蓝土布，规矩的样式，这些对于她来说，事小对她却不是小。她是一个恣意开放的人，习惯的生存方式，安静而无他，她活在繁华的孤独中，也就只有她能独享喧闹与寂寞共存。其实，她一直都是。

多年以后，许多人想通过桑弧先生本人证实他心中的张爱玲，没有任何人能掏出只字片语的多言。只记得桑弧在《十八春》发表后，特意以叔红为笔名撰文对《十八春》给予很高评价，极尽溢美之词，认为这部小说“仿佛觉得他是在变了，我觉得他仍保持原有的明艳的色调，同时，在思想感情上，他也显出比从前沉着而安稳，这是他的可喜的进步。”为此，“我虔诚地向读者推荐《十八春》，并且为梁京庆贺他的创作生活的再出发。”之后，没能见到桑弧对于张爱玲的提及。即便张爱玲在美国去世，也未见其语。

这是一段什么样的感情，没人能知道个中曲折与原由。但，我们在他们彼此的搀扶成就中，感受到了炽热燃烧的火焰，《新不了情》、《太太万岁》便就此产生了。这是桑弧的电影辉煌起点，何尝不是张爱玲的起点呢！

从一段评述中，一起来感受他们的最真：“很多人都为桑弧和张爱玲的这段没有结果的感情惋惜，他们以为桑弧是最值得张爱玲爱的男人，也是能支撑张爱玲事业的男人。遗憾的是，两个正确的人在错误的时间相识。在张爱玲的生活中，如果不是胡兰成先于桑弧出现，张爱玲的一生恐怕就不用经历那么多的磨难吧，依桑弧的才能与人品，他完全有能力为张爱玲铺设一条坦荡的大路。可是，由于胡兰成，张爱玲成为“汉奸婆”，在那样的环境中，谁还有奈？还好，明智的张爱玲选择了离开，这不仅救了她自己，也救了桑弧。桑弧是爱张爱玲的，不仅爱而且很懂她。张爱玲清楚什么时候自己该离开大陆，她知道不应该拖累桑弧。

在桑弧心里，延伸了一辈子无法用言语来诉说的疼，也许，沉默是最彻骨的爱！说与不说，她都在那里，不离不弃。

万象

张爱玲讲故事，她的故事既近又遥远。她演绎一桩似有似无的家族故事，也描摹小人物里的天地乾坤，她说爱恨，说离愁，古典的，现实的，也说芝麻蒜皮的生活琐碎事，事无大小。她笔下的事都是不得不说的故事，她为后来人诉述着三四十年代大上海的孤岛文化，一种特有的历史呈现。

她的笔下，万象重生。

而关于《秧歌》、《赤地之恋》两部作品的创作，半个世纪过去了，依旧众说纷纭，各执其词，说好的经典得捧上了天，说不好的嗤之以鼻，认为是她作品里最为败笔的小说。龙应台是说好的代表之一，她说："张爱玲的许多脍炙人口的作品——譬如《半生缘》——只是引人入胜的言情小说而已，没有什么深度可言。淡淡的《秧歌》，即绝封是一部'世界级'的艺术品。"龙应台是台湾作家、社会评论家、思想家。被誉为华人最有力的一支笔，针砭时事，鞭辟入里，她敢说，她会说，她为张爱玲这部《秧歌》撰写了一篇评论《一支淡淡的哀歌》，或许，在龙应台眼里的《秧歌》，她所看到的角度和侧面有所不同的。张爱玲的朋友，对她有提携之恩的柯灵作的评述又不同了。"《秧歌》和《赤地之恋》的致命伤在于虚假，描写的人、事、情、境，全都似是而非，文字也失去作者原有的光彩。无论多大的作家，如果不幸陷于虚假，就必定导致在艺术上缴械。"对于张爱玲，柯灵是爱护的，也是极力推崇的一位作家，当张爱玲将《倾城之恋》改编成舞台剧时，柯灵为剧本尽快地实现上演一直古道热肠地奔波，还提出不少修改意见，终于促成了这一剧目的成功上演，由大导演朱端钧搬上话剧舞台，由当时红极一时的演员舒适、罗兰分别饰演范柳原和白流苏，轰动一时。后来，为了答谢柯灵，张爱玲赠他一段宝蓝色的绸袍料，柯灵作了皮袍面子，穿在身上很显眼。虽忒刺眼，却让柯灵喜欢得紧，时常穿着进进出出，精神得意，说是张爱玲送的料子。柯灵与张爱玲，他们互作了道友。这一份情感，是一种坦诚相对的彼此信任，缘来如此。

这是一段友情的小故事，在真诚面前，朋友的话宛若金玉良言，自然之道，自然之色。或许，每个朋友对张爱玲的理解和期望都各执已见地固执着，都有着自己的一个心内标准，但是，对她的爱和关怀是没法用高低和距离来衡量与比对的，这是时间也无法抵达的深度与恒远，就像"张迷"们一浪浪的热情，随着历史新篇揭开的越来越多的张爱玲精彩，都会随之情不自禁地地欣喜和感动着。

《秧歌》和《赤地之恋》如今依旧备受争议，特殊时期，特定条件下创作的这两部作品，惹了许多关注和评论，文坛上一直呈现两极分化的南辕北辙评述。而故事的背景来源于作品写作期间张爱玲在美国驻港总领事馆新闻处做翻译工作，翻译梭罗、爱默森、福克纳、海明威等经典作品，其中翻译的海明威中译立即被称许为经典。而翻译名著这项任务对于这个机构来说，换作今天的话归纳就是一个"项目"工作，是一定时期内的指令性任务，张爱玲不属于这家机构的工作人员，只是临时聘用的"项目"参与人员而已。而就是在翻译工作的同时，张爱玲写了这两部作品，难免让作品的因由变得不寻常，这是作品最脆弱的地方，就像我们每个人出生的境况一般，大多数人都因一种烙印的存在而终身定位了，当然也不能全盘否定的，这是必然。当时香港美新处处长麦卡锡 81 岁的时候回忆到："我们请爱玲翻译美国文学，她自己提议写小说。她有基本的故事概念。我也在中国北方待过，非常惊讶她比我还了解中国农村的情形。我确知她亲拟故事概要。"张爱玲写这两部作品，实际上可从张爱玲性格上来推论，原发性的写作意识和写作状态而已，只是题材的选用，或许与她在上海时夏衍派她去苏北农村调研两个月不无关系，这是值得深思与探讨的。作家的眼睛，大地之眼，他们都有固执与坚持的一面，为自己而写，不受外界的干扰。想来，多年后，终究会有对《秧歌》和《赤地之恋》更深入的剖析与研究。但是，对于生活非常拮据的张爱玲来说，为生存而生存，再次拿起手中的笔谋生是必然的，所以她必须在翻译时同时开展创作。

张爱玲对香港的感情，也是一种话题的范畴了。

1952 年 7 月张爱玲离开上海，她是以进香港大学继续学业为理由申请的。1941 年 12 月香港大学因太平洋战争而停课，张爱玲未曾毕业，十年后再去求学位，香港大学也准许其复学，政府也允其出境。她 7 月抵香港后，9 月开始上课，11 月自动离开港大。中间原因不详。远赴美国后，也多次返回香港，多因剧本的写作和出版事宜。在香港，张爱玲结识了人生中最为信任的三个人，炎樱、宋淇及夫人邝文美，他们的友谊经过了时间和世故的考验，走得最为真挚。炎樱自不说了，她们的感情缔结用现代语言来表述就是“闺蜜”，或许更超越这种表现的精神共振吧。关于宋淇及夫人邝文美与张爱玲，是如何一段至深至情的友谊，让张爱玲的遗产多归属了他们。这是一般人无法理解和参透的，中间原委，或许很多很多。

张爱玲在美国驻港总领事馆新闻处做翻译时，邝文美也在那儿，便是同事了。性情相投的两人，又都是来自上海的老乡，来往多起来。那时的张爱玲生活清贫自是不说，创作也非常苦闷，一个人单调而迷茫，于是，下班后的邝文美经常会去张爱玲的小屋坐一会儿，聊着聊着，时钟就不知不觉地往前冲，一直到七点多，张爱玲会很自觉地催促邝文美回家陪家人。人生莫过几个非常时期，这些转折与波澜处，能相遇碰撞出爱护与关怀火花的人，那便是一生的知己了。锦上添花好，有一种更好，莫过于他们缔结的友谊，在一无所有，风雨交加的境遇下，他们为张爱玲撑起的一把伞，不单单是事业的帮助，还有一种精神的注入和契合，是一般人无法达到的。彼此的共鸣，心内的接纳，情趣的相通，都是必不可少的因子，就像“蓦然回首，那人却在灯火阑珊处。”还得有这样的怦然心动。

邝文美人如其名，张爱玲对邝文美是发自内心的赞赏佩服，将她视作女性的典范。为能有她这样的朋友而感到幸运。邝文美长相大气温婉，自己谋得高职，帮助丈夫著书立说，家中事务打理得服服帖帖，永远端庄贤淑，不愠不恼。张爱玲将她比作“中国兰花”，靠近时只觉“清香逼人”。这是最美好的赞誉。宋美龄曾邀邝文美当她的私人秘书，被邝文美婉拒，可想而知，她是多么的大方得体，知识见地不是一般的高，受欢迎的程度由此可见了。宋淇给人知识分子的长相，温文尔雅，他们夫妻相濡以沫半个多世纪，在张爱玲眼里，是绝无仅有的美满姻缘。就是这对夫妻，在张爱玲最困难的时候援手予以帮助，实际上，他们的这无心之举，除了成就友谊外，也促使宋淇夫妻俩成为了张爱玲的经纪人，这是其他人无法替代的身份。

1955 年秋天，张爱玲搭乘“克利夫兰总统号”邮轮离开香港，前往美国。到码头送行的只有宋淇夫妇。船到日本，她寄出一封 6 页长信，向宋淇夫妇诉说：“别后我一路哭向房中，和上次离开香港的快乐刚巧相反，现在写到这里也还是眼泪汪汪起来。”

而之后，宋淇夫妇与张爱玲一直保持联系，帮她打理出版等事务，可说是她的文学顾问、经纪人、对外联络点。作为翻译家和著名红学评论家，宋淇常常会对张爱玲的作品给出一些中肯的意见。在夏志清计划写小说史的时候，正是宋淇向他推荐了张爱玲，夏志清读后对她激赏，并认为《金锁记》是中国自古以来最伟大的中篇小说，从此奠定了张爱玲的文学地位。

有一本值得“张迷”们欣赏和欢喜的《张爱玲语录》，许多经典话语的精彩，展现了别样的张爱玲才华，也是对她“天才”称号的另类充分诠释，这是当年邝文美与张爱玲交谈对话整理而成，宋淇是这样评价这部“语录”的：“张爱玲‘不能算第一流的谈话家，她对好朋友说的话既不是启人深思的名言隽语，也不是故作惊人的警句，但多少含有张爱玲所特有的笔触，令人低回不已。'”中国作家中，有人整理了专门出版语录的，又大受欢迎的，显然不多，这是一笔珍贵的文化财富，无以比拟的收获。也只有有心人、知心人才能做到。

一生一知己足矣。张爱玲是幸福的，她的知己远不止一位，这是张爱玲一生的精彩点墨！扶持、相知、坦诚、契合……

光　景

> 对于三十岁以后的人来说，十年八年不过是指缝间的事；而对于年轻人而言，三年五年就可以是一生一世。
>
> ——张爱玲

炎樱在美国。对于此去美国的张爱玲来说，无疑充满了对情谊的思念和友谊再续的憧憬，在这个人生地不熟的陌生国家里，幸好有炎樱的存在，张爱玲有了生活的新向往。但，现实不由她想，刚到美国的张爱玲，在与炎樱相见后，一段时间又回到当初的感觉，谈天说地，逛街，说些女孩子的话题。一个月后，张爱玲觉得老打扰炎樱不是长久之计，她一生都是不喜欢欠人情的人，为人处世点滴计算，这计算不是说贪图别人的小便宜，而是不愿享乐别人的承情之好。这世界，欠情比欠钱让她更为难受和不安，当然，这只是比方而已了，欠钱她亦是不可能的。炎樱于是托了人，在一个叫“救世军”的地方申请让她去，如果翻译了这个地方的真实处境，其实就是一个难民营的集中地罢了。先不说张爱玲是一个大作家，就凭张爱玲的脾气个性，要想在这个地方呆长了也是不可能的。而沦落无助的贵族后裔，有着相当自尊和骄傲的张爱玲，更是不可能了。这一期间，张爱玲是惶恐的，也是迷茫而着急的，人生如何走，生计如何维持，这一系列的问题和困难摆在当前。她想起了去胡适先生家的情形，想起了先生与她的谈话与交流，深感到文人的落寞和悲凉，无法用言语来表述。任何一个文人都有相当的敏感作祟，而这种敏感张爱玲更甚，她对外界充满了警惕与距离，与人群相隔一条无法抵达的心河，她在那头怅然索离的观望，瑟瑟不觉寒意几秋。在这个“难民营”里，都是些酒鬼疯子似的人物，鲜有自食其力的人，张爱玲在这里，无法掩喻的难过与无望。这时候的她，再见到胡适先生时，更多地充满了感动和温暖。胡适亲自去了“救世军”看望张爱玲，他们在一个个大大的会客厅里见面。这是一个公用的会见地方，陈旧的沙发，破落的钢琴，黑洞洞的一切感觉，张爱玲也是第一次到这儿，也新奇地东望望，西瞧瞧，颇不好意思，胡适连说：“蛮好，蛮好的，很好呀，你就住在这里。”张爱玲附和着笑。换作人都会想：“这地儿好啊！也只有中国人才能说出这样安慰内涵的话语，难民住的地方，好在哪儿?”其实，我们这样来做想就通了，对于张爱玲如此的境况里，还能自如地坦然接受，在胡适眼里，是多么的不容易和了不起啊！这是一种顺应，没有半点虚荣心的造次和颓废放弃之心。张爱玲是能在绝地里生存的人物，除了无奈，但也体现了她良好的适应能力和心理素质。这是张爱玲与胡适先生的最后一次见面，他们站在一阵风中，在繁华的对岸作了今生的告别，便是永远的分离了。

张爱玲崇敬胡适先生，一生都是。

在异乡生存的艰辛，是无法为外人道的困苦。张爱玲于是决定求助于基金会，以摆脱目前困境，或许还有一丝希望再继续执笔下去，这种良好的愿景，让她再次充满了希望。到了1956年2月13日这一天，她填写了一份申请书，寄给了麦克道威尔文艺营。一个月后，张爱玲出现在麦克道威尔文艺营的门口时，这里不是家，但是，说不上的感觉不得不让她面对现实，终于有了一个暂时的落脚点，于她来说，与“难民营”相比，这就是家了。

而确实，这冥冥之中的指引，让她在这里遇见了人生中的另一个家人，她未来的丈夫赖雅。

麦克道威尔文艺营创建于1907年，初衷是要让那些有才华的艺术家可以摆脱世俗生活的牵绊，而在清静与安逸的氛围里专心从事文艺创作。都是一群文艺家，集中营是一个很特别的场所，有点类似所谓的文学沙龙，可以自由交流学术心得，也可以漫天说地，讲一路文艺者感兴趣的事。这里尊重个人习惯，除了早餐集中以外，其余时间个人掌握，充分给予了文艺分子们开拓的空间。日餐放在大厅的一个篮子里，谁想吃了都可以自行去取。到了下午四点后，努力耕耘的作家们开始陆续聚在一起了，这聚会有鸡尾酒，甜点，娱乐节目，很是丰盛，宛若一场酒会。

张爱玲也是其中的一员，她在自己的工作室里忙，很少参与这种聚会。她历来不与人交往，加上她吃够了飘落的苦头，知道如果不趁着这样的机会和环境好好写稿子，不知后面该是如何的情形等待着她。

虽是习惯不合群，但是，张爱玲也不是全部隔离于人群的，她也会远远地听，远远地看。一次，她听见似乎人声鼎沸，很是热闹的场面，一种很自然的驱动，便上前去了。对于张爱玲来说，寂寞可以作沸腾的河流翻滚不止，而喧闹，她亦可以在无数躁动中沉静下去，这是两种无法彼此相容纳的心境，但是，她行的。

大厅里很热闹，有一组靠窗的尤为起劲。一个年纪较大的白发长者。精气神很有感染力，一看就知在人群中他是一个凝聚点，有几个气质不凡的艺术家正围着他，听他讲好莱坞的种种笑话。张爱玲在一边听着，也跟着他们的话题而微笑着。好像是一种感应一样，老人在讲到一句笑话后，便转过身来，他看了张爱玲一眼。张爱玲心中一动，她的脑子里就涌上了这样的句子："这张脸好像写得很好的第一章，使人想看下去。"

他是赖雅，这是他们的初相识。他们就这么自然地走近了。

要问了，这白发长者年长几何？认识张爱玲时，赖雅 65 岁，张爱玲 36 岁。他们的年龄跨度是父女的间隔了。如何的一对有情人，让这份忘年交的情感深化，他们的相吸引源出于何？有许多后人揣度着，并将这些结论列了很为认真的分析。都有些什么？我们来听听这些有趣的话语评论。在《张爱玲与美国丈夫的婚姻》里丁子江是这么说的：

"功利主义者"认为，她把赖雅误认作一个能帮助她打入主流英文文学世界的导师，而并不了解他在文坛上的地位并不高，而且自身的发展都很有限，甚至在走下坡路，不断为自己的生存而挣扎，很难在事业上有什么实质的提携。

“心理主义者”认为，她幼年过早丧父，从心灵深处渴望一种父亲般的亲情之爱，这也是当年为什么嫁给大她十多岁的胡兰成的原因之一，而她似乎从来没有对与她年龄相配的男人或年轻男人发生过兴趣，但她没有想到赖雅伤残中风，情况恶化，以后反而需要她的关怀和爱护。

“文化主义者”认为，她在发生在故土上的那场婚姻中受到伤害，对造成这种伤害的整个社会文化背景，以及在这种背景下产生的性关系、性观念产生了叛逆，甚至在一定意义上说，她因不忠的丈夫，对中国男人已失望，惟有洋人才能从另一个层面满足她的精神需要，而她没有想到这种异族通婚是会有代价的。

“经济主义者”认为，她孤身一人漂泊异国他乡，举目无亲，寂寞苦闷，自然需要男人的依靠，而赖雅则是第一个从精神等各方面关怀她的男性，理所当然就成了她首先择偶的对象。当时，她在文艺营，虽有免费食宿，却无点滴薪水，况且只能停留三个月，今后的去向一片茫然，而她却没有清醒地想到，赖雅的经济十分窘困，有上一顿没有下一顿，后来反而需要她的帮助。

“政治主义者”认为，她来到一个她所向往的民主自由的社会，但她本人却对政治一无所知也不感兴趣，故把这个社会制度下第一个能得到感应的美国男人当作理想化男人的化身，赖雅恰好担任了这个使命。在20世纪50年代，一般的美国男人的种族主义观念相当深，也只有像赖雅这样具有真诚社会主义信念、主张社会平等的理想主义者才会对一个东方女人有更多的欣赏和尊敬。从另一方面讲，在资本主义的美国，具有这种理想主义的人是不会很得志的。

这些对张爱玲与赖雅结合的动机研究，或许是“张迷”们对张爱玲热爱的再延伸，这样来理解，就觉得大家煞费苦心的疼爱追寻有多么的深厚了，也很纯粹。

对于张爱玲与赖雅到底结合后是否相爱，这是很多人思索和关心的话题，毕竟，张爱玲的光耀与年轻，才情与智慧，让她嫁给了一位年长她许多的外国老头，在爱她的人心里，反响是痛心疾首的惋惜。

说与不说，大家心里都无可奈何的接受。张爱玲从不随他人的影响而动摇，她随心走，随自己的感觉前行，或对或错，那不是当时考虑的，人生的遇见，错过是疼，错了是命运的车轮为此而交合，注定而已。因此，在爱的世界里，没有好与不好，错与对的真实区分，孽缘是缘，情缘是缘，分分合合是自然之道，不分不合也是一种宿命。

宿 命

长的是磨难，短的是人生。

——张爱玲

如果人生用一种宿命来诠释，似乎有些过了，只是偏于颓废和无奈之举的自我安慰罢了。但是，宿命一词的由来，多少意味其中，耐人寻味。

人生苦短，磨难常在。

张爱玲的一生，磨难重重，隘口多险，命运给了她一对天使的翅膀，门楣光耀，少年出色，资质异人，车轮总是不到站口就将她一次次地抛下了，但，也就因此成就了张爱玲耀眼的人生。

赖雅在张爱玲生命中的出现，是许多人无法释怀和惋惜的事情，但对于张爱玲来说，却意义非凡。

赖雅出生于美国费城的一个德国移民家庭。孩提时，就能在各种典庆仪式上即兴赋诗。青年时，就被公认为文学上有成就的人。这样的才华横溢，赖雅于是选择了自由撰稿人的生活。第一次婚姻结束后，赖雅从此只谈爱情，不谈婚姻。

生性浪漫，逍遥自在的赖雅，一直活得潇洒自如。有一分钱，便花一分，计划性和周到性是不强的。以至于后来张爱玲在婚后的日子里，还得慢慢地教会他学会生活的规划和计划。遇上稿费宽裕，他就去周游列国，开阔眼界，享受生活。等到钱花完了，再重新提笔写小说，剧本，文章，才华用不尽的他，就这么周而复始着。

赖雅是性情的人，才华加之自身的魅力，吸引了许多后来成为世界名人的作家，比如刘易斯，布莱希特。前者是诺贝尔文学奖的获得者，他称赖雅早就应该得此奖。而后者成为戏剧界的一代大师，当年还是靠了赖雅的帮助才在美国定居。他是一位难得有才华又仁义之人。

以张爱玲的眼光挑剔，男人优秀与否，更重要的是她欣赏进而交流非常融洽，特别是精神契合，这是她看人的第一要素。不论什么样的朋友，在张爱玲生命中出现频率很多的人，都有一面折服张爱玲的本事。赖雅如何赢得了张爱玲的青睐，我们仅仅从赖雅的洒脱与多智中可以察觉。这样一位男子，是魅力十足的，光彩而活泼的健康心理，虽年龄偏大，却是阳光灿烂的感觉，这正是张爱玲缺少的另一面，因缘巧合，他们互补着性格。

他们认识后，交往中非常愉快。

赖雅先请张爱玲到他的工作室参观，参观他手中的电影剧本，一些有意思但还没有成型的文章的开头。作为礼节，张爱玲也周到地邀请赖雅去她的工作室参观。这可以说是邀请他人来自己的密室了。张爱玲对此没有任何不安。

短短的几天，对张爱玲来说好像恍过了十几年。

她是幸运的，在茫茫人海里，能够找到一个大致相近的人。她愿意将自己交给一个虽不富有但有仁慈之心的人，这比富有更重要。更重要的是，和一位机智聪明的人在一起，张爱玲总能碰撞出更为绚烂的火花，情怀别致着。

“相逢何必曾相识。”张爱玲和赖雅谈文学，谈文化，谈人生，谈阅历，越谈越投缘。到了5月初，简直到了难分难舍的程度，关系进展得神速。赖雅在5月12日的日记中写道：他俩‘去小屋，一同过夜。’第三天，赖雅在文艺营的期限到了，不得不离开。张爱玲在送他的时候，知道他的拮据和困难，将仅有的一点钱给了他。一个多月后，张爱玲也离开了文艺营。7月5日，赖雅接到张爱玲的一封信，说已怀了他的孩子。此时，赖雅觉得自己有一种道德责任，又觉得张爱玲厚道、可爱，是一个贤妻型的女人，于是，他向她求了婚，但要求她堕胎，不要孩子。到了当年的8月18号，也就是相识的半年之后，他们在纽约结了婚。

这是一个意外又顺理成章的发展结果，谁也没因为奢求一个最后，反而成就了一个开花至瓜熟蒂落的美好姻缘。

至今，许多人都无法理解这一桩婚事的促成，为什么年轻而多才的张爱玲会嫁一个比她大近 30 岁的异族长者？他们之间的差异如此之大，年龄、种族、个性、价值观、出身背景和政治观点又全然不同。但是，事实摆在众人面前，经得起时间的认真检视，从公开的张爱玲给赖雅的信件上可以发现，张爱玲对于赖雅，是依赖的，信任的，全身心的。她会将最为琐碎的事情告知他，会将她所有的委屈与他倾吐，大小事都会和赖雅说。他们之间不存在更多秘密可言，他们相互坦诚着心扉，相识相知相依的日子互拥取暖。

用丁子江在《张爱玲与美国丈夫的婚姻》里的话阐述他们之间的差异。

一个 36 岁，一个 65 岁。

一个中国女人，一个美国男人。

一个孤寂封闭，一个交友甚广。

一个用钱精明，一个出手大方。

一个喜欢大都市的繁闹，一个喜欢小乡镇的恬静。

一个出身于破落的名门大户，一个出身于德国中产移民。

一个是非马克思主义者，一个是马克思主义者。

这样强烈的有着鲜明标签的两个人，结合是因为相互吸引的，也符合他们自身对于婚姻的要求。他们互为彼岸的锚，相扣相生。

眼看一切如意起来，但是，一次赖雅的中风，将他们拉回更为现实的现实中。赖雅身体不好，这似乎超出了张爱玲原先的预计，或者她就没考虑过这个问题。摆在面前的首先是治病，张爱玲这个时候的沮丧可想而知，赖雅很歉疚，但是有了张爱玲这样美貌与才情兼得的妻子，他是不愿意离开她去另外一个世界的。病重中的赖雅向张爱玲保证，一定会好起来。会的，彼此的鼓励和真情似乎打动了上苍，让赖雅重新拾回了生命的绿荫，尽管身体依然不如意，但是他们的信念让前景再次光明起来。

他俩经常饱一顿饥一顿，住处也没有保障。为了生计，张爱玲不得不写一些时代应景的“烂”剧本糊口。这是以前赖雅爱做的事情，这种写作方式，以近乎严重破坏的后果，侵吞着他们的才华，赖雅是例子，已经无法挽回的事实。现在，张爱玲在重蹈覆辙，为了一个崭新的家，她不得不向自己低头，写一些自己不喜欢的赚钱的本子。有一天夜里，张爱玲做了一个梦，梦见一位不认识的作家，取得极大的成就，相比之下，自己很丢人。早上醒来，她向赖雅哭述了这个梦，赖雅很心静地安慰着她，但他从内里是知道的，这是对贫困无名和不公正遭遇的一种抗议，再完美的天才，失去了生长的土壤，便是明日黄花的映照了。

在张爱玲38岁生日的那一天，联邦调查局派员来核查赖雅欠款一案。为了不破坏生日的喜气，赖雅好不容易将探员哄走了，两人做了一点青豆、肉和米饭。餐后又一同看了一场喜剧电影，笑出了眼泪。散场后，两人在萧瑟的秋风中，步行回家。到家后，又把剩饭吃了。张爱玲告诉赖雅，这是她平生最快乐的一次生日。

该感动，还是该痛惜呢？

38年来，一个小小的生日愿景，原来这么简单的诉求，有人记得，有人做饭，有人陪着看一场爱着的电影，这便是心愿的全部！这要求难吗，高吗？

对于普通人都能得到的唾手可及的生日礼物，张爱玲却整整等了半生。这就是缘，也是她能一直和赖雅相濡以沫，坚持携手的内因吧？

都说爱玲孤单，爱僻静，也许婚后的赖雅还没真正理解到张爱玲的性子。一次，有朋友送来一只山羊，幽默的赖雅，对张爱玲说“有客”来了，张爱玲却拒不见客，他劝了好久，最后才道“客人”只不过是一只羊，她这才出来看视。赖雅这才深深地体会到了她的这种防御心理简直是一种“癖”了。

1956年10月，他们被获准重新回到麦克道威尔创作营，田园牧歌般的生活，一度又回到从前，憧憬也有了许多。直到次年4月期限结束，他们不得不离开，而申请其他文艺营又未获批准，他们不得不租房度日了。经营“家”便真正地提到了议事日程，他们去买便宜的家具，亲自油漆室内等等，一切开始，一切又有向好的曦晖，让生命和道路亮堂起来。因为他们有了自己的归属，这也是难得的上天恩赐，尽管是非常困难的日子，依然快乐着。

赖雅是白天活动，张爱玲则是晚间作业，俩人的生活差异很明显，只有夜深人静的时候，张爱玲才能将心思沉到可以突兀地冒出思想的沸点，这个时候创作最佳，她想将计划作品尽快地写出来，他们需要钱来维持生活。却是一直不尽如人意，张爱玲的作品《北地胭脂》(原名《粉泪》)，被出版商退了回来。沮丧的张爱玲一度低沉到了极限，不少朋友熟人来信安慰，都无法改变她短暂的现实情绪。赖雅也从来没有看到她这么颓丧，心里才感到对她来说，退稿就是对她本人的否定和排斥。从那以后，张爱玲真成了一个多产作家，发表了很多东西，但没有一个是她才华的满意结晶。

一个天才作家，蜕变的过程，难以言明的苦楚，在张爱玲身上，聚光的星辰，一一在抖落，是遗憾，是惋惜，还是一曲挽歌赋？时代造就人物，时代也扼杀人物；环境包容发展，环境也抑制发展。美国不是张爱玲的写作天堂，这是历史的鉴证。其他地方是不是，也不得而知了。最终，以事实为依据，天才的升起和天才的陨落，只不过是历史进程的必然，或者这就是自然之道吧。

魂　归

> “死生契阔，与子成悦；执子之手，与子偕老”是一首悲哀的诗，然而它的人生态度又是何等肯定。我不喜欢壮烈。我是喜欢悲壮，更喜欢苍凉壮烈只是力，没有美，似乎缺少人性。悲哀则如大红大绿的配色，是一种强烈的对照。
>
> ——张爱玲

1995年9月8日，这是一个中秋月圆之夜，一个瘦小的，穿着赭红色旗袍的中国老太太，十分安详地躺在空旷大厅的精美的地毯上。桌子上，有一卷铺开的稿子，一支未合上的笔。那个时候，她已经去世了六七天了。这是洛杉矶的警署官员推开她的家门看到的情景。

这是一种“苍凉”，还是一种解脱？或者，这是她应该走完的生命历程。

一时间，世界各地的悼文、祭文、回忆、追溯等不同载体的文字纷纷登场，比她出生时的排场和境况更为华丽夺目，与她的悄然离去形成了鲜明的比对。是世人癫，还是笑世人癫，安静地来，寂静地离开，终究是宿命的安排，这是张爱玲那转身时最美丽的破茧成蝶，完美谢幕！

张爱玲离世，距离赖雅离他而去三十年了。三十年的光阴，深居简出的张爱玲是如何度过漫漫余晖的，如何将自己置于尘埃之外，又在滚滚红尘里看云卷云舒地来又去。这是多么不可思议啊！作为今天的现代人，可以体会到，如若一天不出门，一天不上网，一天不拨打手机的那种心慌劲，难掩的是最为平常的心一刻不得安静。世界的精彩，生活的美好，谁能抑制探头的决心？张爱玲做到了。她是如何做到的，是心性，还是不得已，或者不适应社会和时代的节奏？或许，许多点点滴滴的积累，促就了她索离独居的因由成型。

在与赖雅最后的日子里，张爱玲是那么的努力——努力出书，努力打理他们的生活，甚至，他们规划好了未来的许多计划，静待赖雅病情好转后实施。

他们一直居无定所地流浪着，一次次地搬家，一次次地为了最基本的生存而奋斗。病后的赖雅失去了创作的各种条件，基本靠着张爱玲的稿费和赖雅少量的救济金生活，上顿不接下顿的艰难。

一个时期，为了拓宽俩人的生活经费来源渠道，张爱玲筹划许久，决定向台湾和香港发展自己的写作市场，于是在赖雅万般不舍的依恋下，张爱玲踏上了台湾之行，为即将开篇的《少帅》寻觅基本素材。在台湾，张爱玲受到了热情接待，当时在台湾任职的老朋友麦加锡知道在台湾有不少大学生喜欢张爱玲的作品，便特意安排了台湾大学几位文学青年接待欢迎她，其中有白先勇、王祯和、欧阳子、陈若曦、王父兴等。张爱玲在台湾采风了许多当地文化，非常认真地作了记录，本是一次完美丰收之行，却接到了赖雅病重的不幸消息。远在台湾的张爱玲心急如焚，而手上的拮据是难言的痛楚，她没有足够的钱飞回美国，回去后也没有多余的钱替赖雅看病和生活。在安顿和抚慰好赖雅情绪后，张爱玲决定只身前往香港，宋淇邀请她撰写的《红楼梦》电影剧本，稿酬无疑对于现状落魄的张爱玲来说充满了诱惑。另外宋淇还为她接了另一部剧本的写作，这部作品是800美元的稿酬，张爱玲决定写完后再回美国。这时期，赖雅来信说身体好些了，张爱玲便放心搞她的创作了。

在香港创作剧本，是张爱玲最为艰辛的。她在宋淇家附近租了一间小屋子，从早晨十点开始，到晚上一点才结束创作。巨大的心理压力，以及长时间的操劳不休息，张爱玲眼睛溃疡并出血，不得不打针，但是也没停止过剧本的创作。《红楼梦》提前创作完成，需要一个审核的时间，就在此期间，香港大小报纸报道了邵氏公司抢先拍摄《红楼梦》的消息，无疑给了张爱玲晴天霹雳的打击，这就意味着她辛苦撰写的《红楼梦》剧本心血全部白费，不可能再拍摄这部作品了。带着无尽的伤痛和失落，张爱玲在赖雅的催促中返程美国。或许，爱人的牵绊与力量，才是这世间唯一的依靠，她还有他！

他想陪她一直走下去。黄昏古道，斜阳人家，莫道桑榆晚，人间真情自在。

机场相见，一句："我们再也不分开了！"包含了多少辛酸与重逢的喜悦和安定。

回到美国后的张爱玲，慢慢开始供职一些大学来解决生活的问题。赖雅一直陪伴左右，只是，这时候的赖雅不复当年的精神和朗朗之音，他躺在病床上盼着，想着，念着每日出行的张爱玲，他每天嘱咐她路上小心。她其实极其不爱大学的各类工作，甚至是厌恶，但是，如此境遇下，又不得不低着眉头为了一份薪水而工作。让骄傲的头颅低下，这是张爱玲为爱人能尽到的所有力量的展现。

更大的打击传来，电懋电影公司的老板因飞机失事而身亡，这意味着电影公司可能解散，而一直靠着这家电影公司维持家庭生计的张爱玲，失去了最为有力的支撑，他们该如何在这个纷繁人世里安身立命？张爱玲先后为公司撰写了《情场如战场》《人财两得》《六月新娘》《桃花运》《小儿女》《南北和》等剧本，每部大致是 800 ~ 1000 美元，这样的收入维持了他们的家庭生活很长一段时间，成了主要经济来源。

一步步地走，一步步的艰辛，只是他们从没有分开过彼此的手。张爱玲一直以赖雅夫人居称，随夫姓，由此可见这对磨难中夫妻的情感笃深，是炽热的，无他的，令人感动和敬佩的！

1967 年 10 月 8 日，依旧是一个秋风瑟瑟的天气，依旧有潮湿慢慢地溢出，生命化为漫天的桂花飘香，浓烈的是情，预言的是分离。快乐坚强的赖雅走完生命的历程，作了一抹灰烬，碾磨在张爱玲永恒的爱里。遗体火化没举行葬礼，骨灰由赖雅的女儿费丝安葬。张爱玲一生的牵挂便落下最后一幕，寥寥云烟终归远去。

而此后张爱玲静默在世界的一隅，翻译《海上花》，研究《红楼梦》，写未完之作，她的人生计划又开始丰富起来，虽然是一个人的游艺，她却风生水起的吧！不然，怎么会在漫漫长路里，在灯火寂寞处，眺望登高呢？

少年时，她反叛着，在高高的墙垣内洞察世间的生死离别、反目成仇、爱恨交织。她是没落贵族走向衰败的一个历史见证者，她是其中的一员，她又在小小的角落里宛若世外人。她是一支探头的蔷薇，多次而明艳，不与人接近的美丽风景线。

如果再给一次初爱的体验，她会给予胡兰成这个机会吗？如果重新可以抉择生命的路径，她还愿意遇见他吗？喜欢一个人，会卑微到尘埃里，然后开出花来。她的花朵是浓浓的郁金香，蓝色的摇曳——永恒的爱情，不可预知的未来。

如果没有如果，因为一场遇见，天才由此而升起活泼，也为此而陨落永恒的霞光。

她有过孩子，有过最亲的骨肉，只是，瞬间地撕裂，何人知晓那疼，那伤，那悲愤的诅咒，一个女子的完整，破灭！

她生性淡泊，她又热情似火。遇到炎樱，她便会有无所顾忌的释放与演绎。

她精于计算，又大方援手。她不惜伤痛和恨离，在胡兰成最困难的时候，不间断地给予无微不至的关怀，无论是什么心境，她在胡兰成心里如何的小气到家，事实上，她为这个生命里的男人竭尽了全力。她也为最后的爱人，奉献了最美好的青春年华，无怨无悔！

她奇装异服，也质朴淳厚。她可以引领一个时装新潮流，如若今天，她必将是青年人衣着模仿的典范。她是喜欢享受生命的人，是善于经营生命的人。她的故事里，每一个人物都生动活泼，都是原始地初放，无论好与坏，情与恨，乐与悲，他们都宛若一支支花蕊，尽情释放。她有着另类的纯真与坦诚，她爱就是爱了，恨就是恨了，她作自己，一生为自己负责！

她脆弱敏感，她又坚定大胆。张爱玲的一生，天生的作家气质，敏感而细腻，多情也脆弱，她是自由而放的扁舟，大江大浪她从不惊骇，从容不迫！她为爱大胆，为自由大胆，为所追求的一切毫不动摇，她也为她爱着的或爱着她的人坚定不移。她为了姑姑不受牵连，离开中国后再也没有和亲人联系过，她知道，有朝一日她的故事会蔓延到她们，给他们甚至是桑弧带来不幸，她走得干干脆脆！没有回头，她眼界高人一筹。

她是人性的立体光镜，她是一盏在光镜里闪烁的影子，如影随形的传奇。

她，是张爱玲，一位值得追忆和崇敬的女作家，与文字同路的有缘人。

掩卷
星星

1

此时，灰鸽子往下探
四野不动，侧起耳廓
安静的牧羊人，黄月亮
刚好。还缺一抔土
说是填满星子，然后
等待一茎风，枝头上
挂着影子，没有掀窗
涟漪赶过山头。去年
这夜，夜般的暮秋
丁点闪闪的，你说是
寂寞的沙洲，会埋了
此刻，不再吱声。远处
几朵萤火，没在草丛

2

不会是，撑着月亮船
捕捞？先拨开一葱茏
你说梦在边缘，搁着

一只蝴蝶，说来就来
没有等初一十五的
我恨透了这，无所谓
小情绪，不是喝一盅
便有。隔着纱笼，响动
是在坠落吗？夹着风
残败的蓝，几粒乌虫
忘了，这秋过了，还是
白色的口，收不拢的
外沿，流水纷纷降落

3

变幻。这一撮儿星子
蛙声清甜，荷香撒开
翻过这田埂，叶不多
灯盏在中间，镜似的
这夜啊，桂花树摇着
我的凌乱星星点点的
说不定，这沉。禅一般
一只猫跳上房檐，说是
要数星星啊，星星

第七卷 Chapter · 07

何故欷歔，且看连环任嗟叹

坐在时光里，和摆钟一起匀速，前行。只是日子没有它的圈圈绕绕，我们，只好笔直着墨弹，在影子甬长中摸索黎明。

那消逝的小阑干，灯火越过岁月的尘封，谁在烈焰下跳最后一支独舞，谁，丢失了红舞鞋在风中。

检阅吧！这最后的一抹，没有忑荒凉的沙丘，荆棘莿开山崖的去路，在梦高处，安详地温柔。

遥远的汽笛，伸手，便是蓝色的，扑面而来。

这最后的归宿，多了欲说还休的由头。

你的故事，

继续着。

亲　缘

因为懂得，所以慈悲。

——张爱玲

·张廷重（1896～1953）

其祖父张印塘（1797～1854），字雨樵，清嘉庆己卯举人，道光乙未进士。历任浙江景德、建德、海宁、桐庐知县，杭州府知府，安徽按察使等职，多有惠政，颇得民心。任桐庐知县期间，适逢英帝国主义发动侵华鸦片战争，英舰停泊在桐庐江面，伺机登陆。张印塘组织军民人等修城池，挖壕堑，备军需，严阵以待。侵略者见无机可乘，只好溜走了。道光二十九年，嘉、湖、广、绍地区发生特大洪水，数万人流离失所，衣食无靠。已升任杭州知府的张印塘亲自督促各地抗洪救灾。他选用士人负责粥厂、药局的工作，并搭建临时住房安置灾民，老弱疾病和妇女儿童分别居住，计口授粮。他带头捐献钱物，还亲自到任过知县的嘉郡，动员士绅赈济灾民，积德行善。在他的带领下，士绅豪富积极捐资纳粮，不到10天，筹资逾万。其他三地富户闻风，也积极出资，很快筹齐了赈济所需钱物。由于措施得力，使近10万灾民得以活命。张印塘自幼好学，博闻强记。他明经术，精史学，尤熟谙历朝掌故，国用源流，河漕利弊，其攻守大体而处事分明，以外宽内明得吏民心。他为官清廉，一身正气、两袖清风，做官几十年家中仍然是茅屋数间，与做秀才时没有什么两样。因刚直不阿，终郁郁不得志。咸丰甲寅闰七月病逝于徽州舟中。张印塘和李鸿章曾在合肥、巢县一带并肩作战，两人意气相投，遂结为至交。两家可谓世交，这也是后来李鸿章对其子张佩纶多有提携的因素之一。

其父张佩纶（1848～1903），字幼樵，一字绳庵，又字篑斋。同治进士。历任侍讲学士、署左副都御史，后褫职戍边，入李鸿章幕。清末大臣，满腹经纶，与当时的张之洞齐名，是晚清四大谏臣之一。

母亲李菊耦，系中国清末重臣李鸿章之女。李鸿章，将领兼外交官，洋务运动的主要领导人之一，淮军创始人和统帅。官至直隶总督兼北洋通商大臣，授文华殿大学士。与曾国藩、左宗棠、张之洞，并称“晚清四大名臣”。

张廷重一生名不见经传，没有他祖父的刚直不阿与救世之心，没有父亲的博学多才与风流倜傥，也不及女儿张爱玲的一生成就。他七岁丧父，在其母死后与兄长分家，分家后过上了挥霍的纨绔生活，尽管受过西方文明的熏陶，但由于个人生活作风的问题，最终一生碌碌无为，郁郁而终。

作为一生无为的贵族遗少，张廷重上有显贵的门楣作财富支撑，消极一生，苦闷一生。他与当时已经在上海文坛上大红大紫的女儿张爱玲形同陌路人，没了半分瓜葛。然而，每当张迷们提及张爱玲，不得不说起他。张廷重实际上是张爱玲少年时期的一块磨刀石，没有他，也就没有后来的一代天才女作家。

生于书香浸染的豪门，张廷重是博学多才的，对于典故，对于名著，包括新式的西洋文化，也有颇多的接触，他曾经的公干就是以英语翻译谋生，可见其知识丰富的一面。张廷重一生走过的路径，是一个大家族从繁荣到衰败的最后一个历程，他是最有力的见证者和参与者。

张爱玲从小就喜欢父亲的书房，在父亲书房里，她走出了天才梦的第一步。琳琅满目的书籍，给予了她无限的启发，还有张廷重耐心细致的讲解，让她在文学的海洋里尝到了快乐的滋味。如果张爱玲在文学路上有一位启蒙老师，那么，作为父亲的张廷重当之无愧。

张廷重对人生的态度，对于少年张爱玲，也渗透了凉薄，无情和放纵的因子。他不闻不问后妻对张爱玲的虐待和无视，对张爱玲学费的克扣，到后来无情地暴打张爱玲，再到关几个月禁闭，一桩桩一件件都在年少的张爱玲心里刻下了不可磨灭的阴影，一生伴随着她。

张廷重——张爱玲爱恨交织的亲人。

· **黄逸梵**（1896～1957）

黄逸梵祖父黄翼升，清末长江七省水师提督，李鸿章得力部下。

其父黄宗炎，早年中举，黄翼升为他捐了道台，承袭爵位后，便赴广西出任盐道，在广西任职时早逝。

母亲乃长沙乡下一女子，因黄宗炎无子嗣，由家人做主娶来做妾延续香火的苦命人。生下龙凤胎后也早早地追随亡夫了。其中，女婴就是黄逸梵。

黄逸梵的祖母、母亲都是庶出，这对于黄逸梵的一生，牵动很大，许多年来，她对张爱玲的爱，付出的代价，都是希望自己的孩子摆脱婚姻的束缚，有一段美好的姻缘，再不是庶出的悲凉惨景。

黄逸梵由黄家大夫人抚育长大，接受西洋教育，追崇西洋文化，一生为自由和独立努力着。她是时代的叛逆女性。和张爱玲的父亲，有着生活和追求上无法逾越的鸿沟。

黄逸梵是张爱玲文学道路的开拓者，张爱玲从小的教育方式和教育理念，都承袭了黄逸梵的诸多精神。从小送张爱玲去教会的女子学校读书，是黄逸梵一手包办的，她希望自己的女儿从小接受良好的系统教育，希望可以成为一个有独立人格的女子。她为她铺垫所有的前景路，或嫁人享乐生活。其实，她更想自己的女儿留洋外国，摆脱旧式的封建思想，跨越自我，超越自我。她为张爱玲一直指引着一条闪耀的金光大道。但是，时事的现实，战争的无情、金钱的拮据，不由这对母女做主自己的未来，张爱玲在一次次憧憬中一次次失落，因为外因，她失去了大学毕业的机会，失去了再深造的前景，她饱尝了人生无常的痛苦，欲诉无言。

黄逸梵——张爱玲人生道路的开拓者。

· **张茂渊**（1901～1991）

张爱玲姑姑张茂渊，民国最年长的“剩女”，78 岁才结婚。她的恋情跨越了半个世纪，她的深情逾越了人间最为珍贵的情感，她的旷世等待，也诉说着另一个传奇！这传奇，我们追溯上下五千年，追溯国内外，有几人能比肩这痴情呢！

张茂渊从小被母亲李菊耦作公子教育，形成了她开放而明朗的性格，与张爱玲的母亲黄逸梵一直投缘，就是基于性格的契合非常之好。她们都是时代的追寻和开拓者，是新理念和新观念的倡导者，她们喜欢自己的事情自己做主。在张爱玲眼里，姑姑充满了慈爱，既有宽厚的温暖，又有贴己的关怀，亦母亦父，亦师亦友。张茂渊是刚强坚毅的人，也是新式的温婉知性女子，她的光环，一直有徐徐的清辉抚慰着缺爱少关怀的少年张爱玲、青年张爱玲，迷茫的张爱玲、性情的张爱玲。在姑姑眼里，张爱玲是骄傲，是张氏家族一支别致的花朵，在张爱玲眼里，姑姑张茂渊智慧清高，时而俏皮可爱，是知书达理，又充满自信与光芒的新时代女性。

姑姑和她都喜爱电影，当然还有张爱玲的母亲黄逸梵亦是。她们一生与电影结缘，张茂渊在一家电影公司供职相当一段时间。

张茂渊才华和长相自不用说，自是光华照耀的女性。而她在张爱玲心目中，在世人心里，有两件事非常惹人关注。与李开弟长达52年的恋情，终是在黄昏斜阳中温柔牵手，这迟来的爱，包含多少辛酸和泪滴啊！这几十年，为了李开弟的家庭不受干扰，张茂渊深居简出，不更多地联系，特别是“文革”期间，张茂渊敏锐的洞察力，让他们彼此很好地度过了政治难关，这是一种高瞻远瞩。而当年张爱玲出走香港，或多或少有张茂渊的认可和支持，她和张爱玲都有相当的嗅觉，尽管她们不与政治沾边，但是，经历了一幕幕人生洗礼的她们，更多的是最先考虑到了如何保护自己的本能。张茂渊是睿智的，一代奇女子。

李开弟和张茂渊结婚，他们都谨慎地征求了两方子女的意见，子女们都极为赞成。于是两人便携手走入了婚姻殿堂。他们的幸福持续了12年，1991年6月，张茂渊乘鹤西去，享年91岁。1998年李开弟也在平静之中含笑逝世，享年百岁。

这是一段因爱而执着的不朽传奇，至今读来，仍是令人泪眼婆娑。张茂渊，用自己的坚贞和不朽的执着与信念，书写了一段流传千古的爱情佳话。她这一生，也无憾了。

1979年9月底，即农历8月19日，一向情感不外露的张茂渊亦是抑制不住情感，在张爱玲虚岁60岁生日这天，她专程用航空邮件写信贺喜："你今年是'六十大庆'了，过得真快，我心目中你还是一个小孩。"这样的祝福和挂念，再是苍凉一生的淡漠，此刻生命亦温暖和煦了。离开上海时，姑侄俩本约好，别后"人生自守，枯荣勿念"的，有生之年，再度通信，张茂渊一定恍然若梦。

张茂渊——张爱玲一生敬重和爱戴的长者和亲人。

·张子静（1921～1996）

张爱玲散文集《流言》的第一篇文章是《童言无忌》，发表于1944年5月的《天地》月刊。文中的弟弟张子静的模样是这样被描述的："我的弟弟生得很美而我一点也不。从小我们家里谁都惋惜着，因为那样的小嘴、大眼睛与长睫毛，生在男孩子的脸上，简直是白糟蹋了……""我比他大一岁，比他会说话，比他身体好，我能吃的他不能吃，我能做的他不能做。""有了后母之后，我住读的时候多，难得回家。有一次放假，看见他，吃了一惊。他变得高而瘦，穿一件不甚干净的蓝布罩衫，租了许多连环图画来看……大家纷纷告诉我他的劣迹，逃学、忤逆、没志气……"

张子静在《我的姐姐张爱玲》中提及的姐姐："她曾经跟我说，一个人假使没有什么特长，最好是做得特别，可以引人注意。我认为与其做一个平庸的人过一辈子清闲生活，终其身，默默无闻，不如做一个特别的人，做点特别的事……不管他人是好是坏，但名气总归有了。这也许就是她做人的哲学。"

在张爱玲眼里，弟弟是一个平庸的瓷娃娃，在弟弟眼里，姐姐是一个上进会为自己打算的智慧人。他们同是张氏后代，一母所出，但是，他们的经历造就的性格和人生体验大相径庭，也就注定了俩人在思想上的分别。

张子静一生写过两次姐姐，一次是于1944年10月《飙》创刊号上发表的，那是张子静与朋友合办的刊物，他曾去向姐姐张爱玲约稿，被张爱玲拒绝了。那个时期的张爱玲如日中天，对于这类小报，是不可能专题撰写的。第二次就是与季季合著的《我的姐姐张爱玲》一书。

张子静——张爱玲亲缘里既淡漠又无可替代的同母胞弟。

情　缘

我们回不去了。

——张爱玲

· **胡兰成**（1906～1981）

与他结识，与他相守，与他相依。张爱玲一生与他，终究是众说纷纭的一个焦点。

胡兰成的《今生今世》里提到的他一生中的女人们，先不谈文笔，侧重这个课题来说，是有些令人生厌的。一个男人已经在政治上走了一条不归路，而生活的糜烂和腐朽，更加地诠释了他的不是与不忠。与民族不忠，与爱人不忠，他到底忠于什么？享乐，金钱，放纵……

《今生今世》里的张爱玲，从笔调欣赏，胡兰成是多风采的文人，但是，对于张爱玲的描述，许多地方或许单是他私人和自以为是的角度来描述的，有揣测心理的许多意味在其中。他遇见张爱玲，是心生故意的欣赏。张爱玲遇上她，是命运的车轮转动，没有真正恋爱过的张爱玲，对于爱，是憧憬和向往的，是渴望与希求的。而胡兰成的博学和多才，口若悬河的交流，让没有感情经验的张爱玲产生了精神上的共鸣，他们有共同的切入点，他们都是文艺青年，而且都颇有成就，是一方红人。

胡兰成是张爱玲一纸婚约的第一任丈夫。

胡兰成其人，原名胡积蕊，小名蕊生，浙江绍兴人。年轻时曾在燕京大学旁听课程，擅长写作，后追随汪精卫，抗日战争时期出任汪伪政权宣传部副部长，因其为日寇执笔而被列为著名汉奸。1940 年发表卖国社论《战难，和亦不易》，在中国抗战最艰难的时期鼓吹“和虽不易但也要和”，为汪精卫的卖国行径洗地。1945 年日军战败投降，胡兰成借道香港逃亡日本，晚年旅居台湾开课教书，其文学才能曾影响部分台湾文人，1976 年因其汉奸背景被迫离开台湾，1981 年 7 月 25 日因心脏衰竭死于日本东京。代表作有《今生今世》、《山河岁月》等。

胡兰成与张爱玲的故事，许多的表述无法说清，但是，张爱玲对其仁至义尽的关怀和爱护，特别是非常时期给予的不间断援助，几年如一日的生活支持，换作许多人，是做不到的。当时的胡兰成，对张爱玲寡情薄义，被社会予以唾弃人人诛之。在逃亡的过程中，他依旧习性不改，结识了又一位红粉知己，就是这种无情的背景下，张爱玲从来也没因为这些而放弃对他的施救。但是，他在《今生今世》里写到的张爱玲爱钱、小气、薄情，或许有这一面的精于生活计算，但是，在他面前，她将所有呈现给了这男人！

值，还是不值？

故事发生了，历史进程了，他们相爱过了，就够了。

爱不是天平秤，如有真实的平衡，那么，这就不叫爱了。付出与获得，没有因由的必然。

胡兰成——张爱玲生命里一个重要的人。

· **桑弧**（1916 ~2004）

因为桑弧的缄默，张爱玲的不提。他们的故事真相多了迷雾重重的不确定感，无法深入知晓这是一段什么样的感情经历。

桑弧，原名李培林，原籍浙江宁波，1916 年生于上海，中国著名导演、编剧。中华人民共和国成立前夕，由他编导的《假凤虚凰》、《太太万岁》、《哀乐中年》等影片，均已在社会产生很大影响。中华人民共和国成立后他以执导《祝福》、《梁山伯与祝英台》、《春满人间》而进入创作高峰期，奠定了他在中国影坛的地位。1981 年，他改编并独立执导根据茅盾长篇小说改编的同名影片《子夜》。

1930 年桑弧父母双亡，家道中落，辍学进上海华商证券交易所润安字号当学徒。1933 年肄业于沪江大学新闻系，任中国实业银行职员。1935 年结识周信芳与朱石麟两位艺术家，在他们的提携下尝试文艺写作。1941 年起从事电影剧本创作，编写电影剧本《灵与肉》、《洞房花烛夜》、《人约黄昏后》、《教师万岁》等，均摄成影片上映。

抗日战争胜利后，桑弧入文华影业公司任编导。期间结识了张爱玲，当时力邀张爱玲写作剧本，一直在感情上沉寂的张爱玲，停笔了一个时期，对于电影公司的邀请，先是婉拒的，毕竟没有创作过电影剧本，怕不能圆满地完成合作剧目，经不住友人的力挺和诚邀，张爱玲决定试试，正好走出这一时期的阴影，这样，张爱玲和桑弧的公事与交流就开始了。他们一直合作得非常愉快，彼此话题颇多。感情在外界看来，可塑性很强，挚友曾为桑弧出面求婚，但是张爱玲摇头拒绝了。这摇头，或许有许多的无奈，张爱玲和桑弧，事业上是扶持的，他们有着一样的才华，一样的执着，但是，彼此家境的相差与悬殊，曾为汉奸妻的张爱玲，真爱了，她不会让爱她的人受到伤害的，她是理性而沉默的爱情孤独者，作了有爱不能爱，有情却为情而退步的无可奈何举动。

这是对爱人的最忠实的无言的最爱！

不拖累，不打扰，不问曾经与将来，这一刻就足矣。

在中国电影历史中，桑弧有三个第一的光荣记录：即他拍摄了 1949 年后第一部彩色戏曲片、第一部彩色故事片、第一部宽银幕立体声故事片。但剧情片《不了情》、《太太万岁》、《哀乐中年》、《假凤虚凰》（编剧）更得研究者的青睐，它们的意义被定为对中国城市电影和市民观赏趣味的开拓。

桑弧——张爱玲心里一支无言的歌。

· 赖雅（1891～1967）

有着长者的年龄，有着智者的风采，有着令人钦佩的才气，也有着快乐因子的左翼作家赖雅，张爱玲的第二任丈夫。

他们的结合曾经让人匪夷所思，许多惋惜皆因赖雅的年龄和身体，一直似乎拖累了才华横溢的张爱玲，以至于最为黄金的创作周期里，张爱玲都因俩人的生计问题，不得不写应景之作，赚钱成了张爱玲写作的第一要务，耽误了大好时光。这是外界的评论与遗憾。

而对于彼此信任的俩人，是不是这样的感觉，现在看来，肯定是许多的无奈，创作出精品是每一位作家的梦想与毕生追求，张爱玲何尝不是呢?

命运捉弄人，也爱护人。如果说张爱玲与赖雅无感情那是绝对错误的。从结婚两个月开始，赖雅就不断的好好坏坏的不时中风和生病，都是张爱玲一手照顾丈夫，一手提笔写作，她对病重的赖雅无微不至的关怀，许多资料中显示，那是非常真诚而耐心的，发自肺腑的照顾。

赖雅原是德国移民后裔，年轻时就显露了耀眼的文学才华，他个性丰富多彩，知识包罗万象，处事豪放洒脱。结过一次婚，有一个女儿。但生性奔放自由的他，很不适应婚姻的束缚，便与女权主义者的前妻解除了婚约。在这以后的岁月里，他也结交过不少动人的女友，但她们中没有一个与这个男人共结连理，直到他 65 岁遇到张爱玲。

赖雅的晚年是幸福圆满的，因为他遇见了张爱玲。

张爱玲的人生是丰满的，因为她在异乡遇见了一位情投意合的同路人。

他们的结合是自然的，宛若一束清香扑鼻的百合，让人流连这份纯纯的浓烈!

赖雅——张爱玲情感的终结者。

友　缘

一个知己就好像一面镜子，反映出我们天性中最优美的部分。

——张爱玲

·炎樱（1920～1997）

张爱玲的两次婚姻，都是一个女子在场见证的，她为他们祈祷，为他们祝福！她是张爱玲情同亲友般的知己，她在张爱玲的人生道路中，占据着举足轻重的一个隘口。

在香港，在上海，在美国，她们一路同行，一路守候，一路相携。

炎樱快乐明朗，张爱玲充满了甜蜜与曦晖。

炎樱是八点的太阳，艳灿灿的开始流光，于是，张爱玲的世界便温暖如春。

炎樱颖趣奇巧，张爱玲聪慧冷静。

炎樱为张爱玲的出版物插画。炎樱为张爱玲留存了许多意气风发又风格各异的照片，这是一笔宝贵的黑白胶片缩影，是张爱玲一生光亮的点饰。有了这些记载张爱玲成长的照片，拉近了读者与张爱玲的距离感，她真实地展现在你面前，是高挑的，是冷艳的，是抬头的张爱玲。她俯首时最是一温柔，风情万般的迷人，尽管她不是最美的张爱玲，但是，她是最富有身形和性格的光彩的张爱玲。

炎樱是张爱玲在香港大学结识的同学，一生中最重要的知己。

张爱玲对炎樱的描述是："炎樱姓摩希甸，父亲是阿拉伯裔锡兰人（今斯里兰卡），信伊斯兰教，在上海开摩希甸珠宝店。母亲是天津人，为了与青年印侨结婚跟家里决裂，多年不来往。炎樱的大姨妈住在南京，我到他们家去过，也就是个典型的守旧的北方人家。炎樱进上海的英国学校，任 prefect，校方指派的学生长，品学兼优外还要人缘好，能服众。我们回到上海进圣约翰大学，她读到毕业，我半工半读体力不支，入不敷出又相差过远，随即辍学，卖文为生。”

炎樱多才多艺，出类拔萃。在张爱玲的生命里，能相知相伴的人，都是优秀的人，他们都有着与张爱玲不一样的性格，一种互补，一种互映，一种交合，这是不可多得的志趣相投又相互吸引。

炎樱的名字与张爱玲如影随形。知道张爱玲的，无人不知炎樱。她也一生都在书写炎樱：《炎樱语录》、《吉利》、《双声》、《炎樱衣谱》、《〈张看〉自序》、《气短情长及其他》、《烬余录》、《〈传奇〉再版序》、《对照记》……或者专为写她，或者以她为线索言其他，或者不管说什么都有她的位置。至于《小团圆》、《易经》，更是不一般的着墨了。

有着黑黑皮肤的，小巧的炎樱，爆发的热能却是巨大的。炎樱一直在张爱玲的朋友群体中得到公认和喜欢，这是不争的事实。

炎樱——张爱玲一生的闺蜜。

· 邝文美（1919 ~2007）

再赴香港的张爱玲，是以继续完成学业的身份前往的，孤单一人，无依无靠，仅仅上了两三个月就离开了香港大学。

如果要在香港生存下去，必须谋得一份职业维持生活。但是，对于没有文凭、没有关系的张爱玲来说，是很有难度的。她在报纸上看到美国驻港总领事馆新闻处招聘翻译人员，于是前往应聘。经过面试测试，如愿以偿地被录用。当时，在新闻处工作的邝文美就记住了这位上海来的老乡，他们的友谊就此开始，逾经了几十年的考验，虽有小风雨，终是见彩虹，邝文美成了张爱玲中年和老年时期最为相信的知己。

邝文美其人，香港作家、翻译家，笔名有“方馨”、“章明”等。毕业于上海圣约翰大学文学系，曾在美国新闻处工作，以“方馨”一名，翻译文学作品。

如果追溯学籍，邝文美和张爱玲应该是校友，张爱玲就读过上海圣约翰大学，后自动放弃了再读书，这是张爱玲又一伤痛，各种因素的纠结让她在求学路上屡屡受挫。以至于到了美国，因无一纸文凭难以找到适合的工作生存。

张爱玲是喜欢邝文美的。这位温雅贤惠的女子，不一般的能干与大方。工作，社交，家庭，处理得恰如其分，极好的“上得厅堂，下得厨房”的全能女性，不可多得的人才和密友。

邝文美是热忱的，她对初到香港的张爱玲百般照顾，一有空就去张爱玲宿舍聊天，以排解张爱玲的孤独和不适，极为细心和体贴。张爱玲总是在晚上七点后催促她回家，与家人好好地团聚说话。张爱玲戏称邝文美为“八点钟的灰姑娘”（8o’clock Cinderella）。她们的感情日益深厚，在交谈中的范围越来越宽广，后来，邝文美由此整理了她与张爱玲的对话录，写成了《张爱玲私语录》一书。

“每次想起在茫茫人海中，我们很可能错过认识的机会——太危险了。命运的安排多好。”

“我从来没有见过像你这样好——每一方面都好——而一点不自满的人，描写坏人容易，描写好人难。以后我写好人的时候应该可以容易一点。”

“写那角色（曼桢）的时候我还没有认识你。可是我一生所遇见的女人中，你可以说最像她。”

“你的姐姐好像外国兰花，你好像中国兰花。我是喜欢兰花的，有时候对着你简直觉得一阵阵清香，令人心醉。”

张爱玲写书，张爱玲其实早已是张迷们心中一部经久不衰的传奇书了。她的每一句话，平淡中闪烁着光华，在沙砾中呈现出赫赫珍珠之色，亮丽而光耀，经得起时间的检阅，就像她与邝文美的情谊一般，醇香弥久，窖口一阵阵扑鼻的浑厚香浓。

邝文美——张爱玲心中的一掬清泉。

·苏青（1914～1982）

同行多冤家，但苏青和张爱玲是一个例外。

两人的友谊和互为钦慕的情感，都是发自内心的真诚，这是难能可贵的文人气息。张爱玲和苏青式的上海当红女作家，在当时，都是许多会点写作知识的名门淑媛纷纷模仿的对象，她们私底里崇拜和追逐张爱玲和苏青两人的文学路子，嘴上却是另类的不屑，一种表里不一的极端表现。

苏青和张爱玲都是落魄贵族家庭出身的，之于张爱玲，苏青的童年更为幸福，她到底有母亲打小的疼爱和保护，有一个家的温暖和炽热包容着。相比之下，张爱玲从小到大，从家庭，从读书，从婚姻等都是不圆满的。苏青虽是包办婚姻，却有孩子，女人一生的完整，她是一一经历了的。

张爱玲与苏青的作品是截然不同的，苏青透着明朗，有豪放。张爱玲始终是细腻的手法，诠释着低沉的人生。张爱玲遣词造句别具一格，新颖别致，突兀蹦跶的某次就会成为经典。苏青不刻意和注重技巧的施展，俩人的写作各自魅惑，既生张又生苏，这世界不冲突，就像她们的友情不冲突一样，包含着营养和水分。

张爱玲与胡兰成认识，是苏青的无意间搭桥促成的。苏青与胡兰成关系极好，胡兰成常去苏青那儿坐坐，有时三人便不经意遇见，难免尴尬。但是，张爱玲为人处世坦率，不会因此而与苏青断交或反目，这种大气，一般的女子都难以做到，张爱玲是大度的，也是大气的女子，非同一般的度量。

在大上海，苏青和张爱玲当时几乎齐名，她们是最耀眼的知己朋友，不以对方为嫉，欣赏与推崇彼此，是自然迸发的内心激赏。

张爱玲曾经在她的文章中这样写道：“我愿意有苏青这么一个人的存在，愿意许多人知道她的好处。因为低估了苏青文章的价值，就是低估了现在的文化水准。如果必须把女作者分作一档来评论的话，那么把我同冰心、白薇她们来比较，我实在不能引以为荣；只有和苏青相提并论我是甘心情愿的。”极负傲气的张爱玲对苏青作如此的评述，可见欣赏的程度，超过的友谊的界限，仅此作品而论。

苏青是一位烟火的女子，她中华人民共和国成立后可以脱下旗袍穿土布衣服，可以随时代的潮流迎身上前，适应现实的生活。张爱玲在烟火之外，清醒着不低头，她无法将就自己的心随逐而去，失去了本性，放纵了真实。

她们都是民国优秀的奇女子！

苏青——张爱玲并驾齐驱的战友和朋友。

道　缘

个人即使等得及，时代是仓促的，已经在破坏中，还有更大的破坏要来。

——张爱玲

· **柯灵**（1909～2000）

1984年，柯灵亲笔撰写的长文《遥寄张爱玲》，重新肯定了张爱玲在文坛的价值，一时声震海内外。这篇文章堪称张爱玲作品在大陆复出的破冰之作，在沉寂数十年后，张爱玲作品的再次活跃，与此文有一定的关联。

柯灵是张爱玲文学道路上无法替代的一位引路人，柯灵一直见证了张爱玲的出道、走红、蜕变、升华、落寞、离开。

他是她最为至诚的朋友之一，文字的同路人。又有许多情谊里外搅拌着。张爱玲遇到拿捏不准的小说出版和一些修改稿，有时会毫不顾忌地请教柯灵，大家对于张爱玲的性子都是知晓的，不是尊敬和推崇的人，她自是不肯这样做的。

柯灵在任《万象》的主编时，极力推出张爱玲的作品。他们是在张爱玲的《沉香屑——第一炉香》发表后结识的，从此友谊深厚。曾经张爱玲因《传奇》的出版求教过柯灵的意思，柯灵回复大致是再等等，而张爱玲自是认为该乘胜追击，眼光独到的张爱玲却是看准了，这就有了一代《传奇》的出版。后来柯灵偶有遗憾，错过了这部旷世书籍的出版。

张爱玲的《倾城之恋》搬上舞台剧，柯灵为此四处联络，奔波促成了上演事宜，一时间轰动非凡。

柯灵两次遭日本宪兵逮捕，一般人避之唯恐不及，张爱玲不仅前往探视，还留言慰问，并且奔波于营救中，却未吐露一句自己所办之事。多年以后，胡兰成的《今生今世》披露的相关信息，证实了张爱玲营救他的实际情况，知晓此事时已是人海两茫茫，不复相见，不复联系了。

在许多人眼里，柯灵是一个文坛多面手，杂家，他做过小学教员、当过新闻记者、编辑，办过报，担任过杂志主编，从事过电影工作，发表过散文、小说、诗歌、电影文学剧本、杂文等等，著作等身，但其中最有成就最有影响的当数散文。柯灵，原名高季琳，笔名朱梵、宋约。原籍浙江绍兴，生于广州。晚年他笔耕不辍，出版了《柯灵散文选》、《柯灵六十年文选》、《长相思》、《香雪海》等，20世纪90年代他开始收集资料执笔撰他最后一部小说《上海百年》，惜未完成。

柯灵——张爱玲文学道路的引路人、道友。

·宋淇（1919年~1996年）

张爱玲离开香港赴美国后，经济的支柱来源，主要是靠给国际电影懋业有限公司写电影作品来维持生计，这是她与赖雅的一笔最大最可靠的收入进项。而从中搭建平台的便是由时任公司制片主任的好友宋淇这一写就是许多年。

张爱玲通过这个路径，一共为国际电影懋业有限公司撰写了8部已经拍摄了的电影剧本，另撰写的《红楼梦》上下集和《魂归离恨天》未进行拍摄。由于电影公司的老板飞机失事身亡后，太多的变数无法实现当初的理想，这两部作品便不了了之，成为张爱玲心内的一种伤痛。

宋淇认识张爱玲后，与夫人邝文美一道不遗余力地帮助张爱玲，从剧本到出版的推广联系，从日常的生活鼓励到一些事务的处理，都是尽心尽责的。多年来，夫妻俩对与张爱玲的关系很低调，虽然出版了《张爱玲私语录》，但是，从没因张爱玲的关系而过分张扬。

他们却在张爱玲去世后遗产的继承上，受到了广泛的关注，并引起了许多人的猜测和揣度。张爱玲一生虽然遗产不丰厚，但是，贴有张氏标签的每一件物品却是无价的纪念品，那是一种念想和崇敬，是许多人愿意从中了解张爱玲的藉物之一，非常的珍贵。这 14 件遗物如数交到了宋淇夫妇手里，张爱玲该是如何地信任他们啊！

放眼望去，不是至深至爱的亲人或友人，何以托付生命的结晶呢！

宋淇其人，又名宋悌芬（Stephen Soong），笔名林以亮，浙江吴兴人，戏剧家宋春舫之子，任职文化界和电影界，在文学批评、翻译工作、《红楼梦》研究上均有造诣。

1936 年进入燕京大学学习，主修西洋文学。1937 年“七七事变”之后，奉父命去上海避战，恰逢“八一三”事变，辗转求学于内地，最终经香港回上海租界内大学借读。1938 年春，进入光华大学英文系，与夏济安、柳存仁等成为同学。1939 年，重回燕京大学，次年以名誉文学士毕业于西语系并一度留校任教。1949 年，移居香港，专任香港中文大学翻译研究中心主任，曾经担任香港中文大学校长助理。宋淇与夏志清、张爱玲、钱钟书、傅雷等人有深交，夏志清最初读张爱玲、钱钟书的作品是宋淇所推荐的。

宋淇一生著译极富，有《昨日今日》、《更上一层楼》、《林以亮诗话》、《林以亮论翻译》、《〈红楼梦〉西游记——细评〈红楼梦〉新英译》、《文学与翻译》。其中《更上一层楼》是宋淇生前最后一部文集，里头提到霍克思翻译《红楼梦》的事业。

宋淇——张爱玲的恩人、道友。

·夏志清（1921 年—）

张爱玲是“今日中国最优秀最重要的作家”。

《金锁记》是“中国从古以来最伟大的中篇小说”。

《秧歌》在中国小说史上是“不朽之作”。

这是夏志清对张爱玲文学地位最重要的断语。

夏志清其人，1921 年生于上海浦东，原籍江苏吴县。上海沪江大学英文系毕业。1948 年考取北大文科留美奖学金赴美深造，1952 年获耶鲁大学英文系博士学位。1962 年应聘为哥伦比亚大学东亚语文系副教授，1969 年升任为正教授，1991 年荣休后为该校中国文学名誉教授。2006 年当选为中央研究院院士。

如果说胡兰成算作张爱玲的“半个知音”（刘锋杰先生语），那么夏志清则是张爱玲不可多得的真正知音。夏志清是张爱玲文学体系的提倡者和推动者，他独具慧眼，用心之深。如若在中国文学巨坛上要发现并倾尽全力推广一个人并不容易，林林总总的作家，突出的人物太多，而具有代表性的，能让全世界华人都喜欢和爱戴的，这种概率和可能太小了，而夏志清做到了！

对于张爱玲一直的真心呵护，无论工作上，生活上，出版上，最重要的张氏文学体系的延伸上，夏志清多年来花了许多精力参与其中。他们一生六次见面，从上海的第一次见面到二十多年后的美国第二次见面，期间各自的经历已经是相当的丰富了。

多年来，夏志清与张爱玲都保持联系，他们互通邮件，夏志清一直保存有张爱玲的来信 106 件，张爱玲保存夏志清的信件 17 封，如此差距，并不是张爱玲对此不重视。长期不定期的搬家，一次次的资料遗失是很正常的。而同时，夏志清完整的信件保持，也是体现了他对张爱玲的极其重视，对友情的真诚看待。夏志清并没有因为张爱玲对他信件的遗失而心内不快，他体谅她的一切难处，依旧关心，帮助，爱护着张爱玲的一切。

1967 年 9 月张爱玲经夏志清推荐，在剑桥赖氏女子学院所设立的研究所专心翻译《海上花列传》。夏志清建议，书译成之后，作为学术著作，由他写一导言并推介，交哥伦比亚大学出版。遗憾的是，由于种种因素，张爱玲将书交给了一个看来并不相宜的代理人，结果《海上花列传》也未能在张爱玲生前出版。

夏志清对于张爱玲的第二次婚姻是非常痛心疾首的，他甚至认为赖雅如果在婚前未将有病的现实情况告知张爱玲是绝对不道德的，结婚时要求张爱玲打掉孩子，是极其残忍的，剥夺了张爱玲一生做母亲的机会。

他说："爱玲童年时是胖嘟嘟的，十八岁父亲把她关起来，虽不能说在她患痢疾后，心硬得坐死不救，但爱玲从此身体虚弱，甚至晚年那些病症都可溯源到那次灾难。她的第一任丈夫伤了她的心。第二任丈夫在婚前剥夺了她做母亲得权利和乐趣，而且因堕胎而'在纽约病得很重'，引起麦克道威尔营友的关心。张爱玲生命里最重要的三个男人都是对不住她的。"

夏志清让许多人再次认识了张爱玲，做出了不可磨灭的贡献，尽管他从不居功。

夏志清——张爱玲文学体系推广的奠基人。

梦　缘

生命有它的图案，我们惟有临摹。

——张爱玲

·电影

张爱玲一生与电影结缘，从小到老都是。

电影成了张爱玲生活和文学的一个缩影点。

张爱玲对电影喜爱的启蒙得力于母亲黄逸梵。黄逸梵是新时期的女性，解放、独立。通过电影看大千世界，了解时代前沿，享乐丰富生活，在民国时期，电影是一项不可缺少的娱乐项目，很受贵族小姐公子以及名媛太太们的喜爱。

黄逸梵自己看电影，也会带上年少的女儿一同前往。张爱玲就是在那个特定环境下接触的电影及电影故事。这对她文学的推动和写作的手法上都起到了重要的作用，有潜移默化的自然结果。

无论小时候，读书时期，以及成名后的张爱玲都迷恋电影。一次去后母远在几百里以外的亲戚家做客，为了赶上一部新电影，张爱玲坚持要立即坐火车回上海，最后不得已由弟弟陪着回去连看两场才过瘾了。

对电影的推崇，让后来创作电影剧本的张爱玲尝到了甜头，将多年来储存吸取的经验融入其中便是得心应手了。

偶尔的机会受桑弧邀请给电影公司写剧本，之前，张爱玲为报纸写过许多影评，那是刚开始进入文学领域的一些小尝试，反响非常的好。于是，这些积累就此发挥了窖藏效应。

张爱玲从小说创作拓展到剧本创作。

1947年，她写了《不了情》和《太太万岁》。明星的加盟，导演的拍摄，让张爱玲创作的剧本得到了很好的诠释，非常卖座。后来，想将《金锁记》搬上荧幕，因诸多原因搁置了。

与电懋公司的合作，是张爱玲急需经济支持的阶段，这时期的产量非常大。虽如此，这些各类迎合的风格，为明星量身制造的角色尺寸，拍成的电影也非常卖座。张爱玲两次涉足电影界都特别成功，在想，如果电懋的老板不意外去世，那么张爱玲的电影道路是不是越来越广了。

张爱玲先后写过的电影剧本有：《太太万岁》、《不了情》、《哀乐中年》、《伊凡生命中的一天》、《情场如战场》（改编）、《人财两得》、《桃花运》、《六月新娘》、《南北一家亲》、《小儿女》、《一曲难忘》、《南北喜相逢》、《红楼梦上、下集》、《魂归离恨天》（为电懋影业公司所写，未拍成）。

而在一段时间里，张爱玲小说改编的电影剧本收到热力追捧，其影响力不亚于张爱玲自身创作的剧本。《倾城之恋》（许鞍华执导，1984年，邵氏出品）、《怨女》（但汉章导演，1988，台湾中央影业出品）、《红玫瑰与白玫瑰》（关锦鹏导演，1994年，嘉禾出品），《半生缘》（许鞍华导演，1997年，东方出品），《色·戒》（2007年，李安导演，焦点影业出品）。

相信，张爱玲许多优秀的小说还会继续改编成电影，导演们还会再次挑战张爱玲小说本子的高难度。

张爱玲与电影，生前生后都波澜云涌的故事在上演，如一幕未完待续的连续剧。

·服饰

“衣服是一种语言，是表达人生的一种袖珍戏剧。”

“生命是一袭华美的袍，爬满了蚤子。”

张爱玲的经典语言里，都是离不开华美的衣裳。张爱玲一生爱着奇装异服，喜欢自己设计，自己打扮，标新立异是张爱玲的特长。这是一种无与伦比的个性魅力。

色彩，式样，风格，是张爱玲服装特殊的几个组成元素。张爱玲搭配色泽，是大胆而妖娆的，她喜欢犯冲的比对结合，如红和绿。而式样风格上，既追溯古风的韵味，有崇尚现代的气息，是交织着的新鲜。张爱玲的服装活泼又流畅，也有线条包裹拘谨着却是身形开放的姿态，说不出的多姿奇异。

张爱玲将对服装的认识和体验构建在小说中，她将各种色彩斑斓、款式多变的服饰展示，成为作者和小说人物身份、心理、性格与命运的外化，成为诠释人物存在的方式，也使她的小说风味迥异，绚丽多姿。而对衣服的敏感和妥帖表述的天赋，说明她是一个喜爱表现、也擅长表现的女子。她论起颜色、服饰、公寓、街景、影戏这些女人气十足的话题，皆津津有味。

在《更衣记》中，张爱玲用自己的语言和表述介绍了清朝、民国服饰文化的发展历程。既追溯旗袍的演变历程，又赋予了时代变迁，包括人物心理的脉动，在普通的物件中寻求历史的发展沿革。再到《童言无忌》的《穿》中道出她对“穿”的理想，对“穿”的诠释，“我只知道坐在第一排看武打，欣赏那青罗战袍，飘开来，露出红里子，玉色裤管里露出玫瑰紫里子……”“再没心肝的女子，提起去年那件锦缎长袍，还是含情脉脉的”。“我既不是美女，亦没有什么特点，不用这些来招摇，怎么引得别人的注意?”

张爱玲的聪慧和别致，包含了她生活、工作的许多方面，不单单是简单的文学才华而已。多元，多因，多面，她的灵感和灵气似乎永无止境的保存在最初。

她用自己的个性，时尚，优雅引领了一个新潮流，关于从容、落寞、叛逆、新奇的各种完美展现与融合。

·照片

张爱玲爱美，而这些美，如若将所有的胶片串起来，便成了张爱玲一生的线索，一味下去，捕捉的点点滴滴，背景，表情，人物，天气，摆设，穿着，装饰，无不构成了一幅透明的时间长河，或可泛舟，追根溯源这些来来去去的故事脉络。

或与弟弟一起抱着母亲外国寄回来的洋娃娃，可怜的小模样。或比肩姑姑的青春年少，一幅斯文的温婉无他。也艳丽着，昂首时的傲慢与不屑。又或在炎樱家天台上的自由行，自然而坦白的毫无做作之感。

有时候，是冷艳的。有时候，是低首那一温柔瞬间，干净而清澈。不笑居多。也不是无表情，是表情里的淡淡疏离，无人能侵入她的保护领地，夺走她的根本思想。

母亲、父亲，在与她的共同世界留影很少，更不用说这个家庭的全家福了。

在根深蒂固里，张爱玲无时无刻不在记录生活的初衷。

炎樱有一个相机，为这些浮光掠影提供了最有力的保证。在这一张张流转中，母亲黄逸梵是漂亮的，高贵的，高鼻梁，五官突出，像极了外国的美人儿。姑姑是娴雅端庄的，一个静字无法概全，那是心内平静而宽广的象征。相片里的大侄女妞妞曾经是那么健康可人，却人生波折，高门院后的荒芜，谁能诉凄凉。父亲戴眼镜，偏瘦，远远地，张爱玲是否还能忆起当初的高谈阔论，父女俩的文学对白，一时间热闹纷繁。

离去是一页页，翻篇过去，都是枯黄的凋零。过往都会慢慢泛黄，而春秋依旧，谁也抹不去辉煌！

掩　卷
剪　爱

1

补一段影，过了黄昏
掬似的垂，谁在诈降
密匝的针落，水湄吗？
嘶鸣和着开了花花
速递的铺就，这混沌
没个源头，恢弥了的
或抓一把，似魇非魇
纸飞机掠过这，眉头
收响尾子，棱镜掷空
这动荡啊，丛生离愫！
挽不住芦花一径幽
群鹭偶别，去处春秋
没落下过乳名，轻唤
我的官人打小桥子
拾了一色朦朦，沉吗？
这轻浣的胶着。裂了

2

或再去一次。佛主啊
您吉祥！云色不开片
莲池谁育种这清泉？
咻咻隔世在恍，外垣
栀子圈围，一俩行人
滞——花房子缀下甘露
谁要这风生，见晴的
漂啊。打脚跟子蹿啊
堂前不开化，三月天
正坐神一般，哦的天！
下不下，去时云作路
雨说来就来，几点儿
斗胆斡旋，这一出彩
过了啊，千般的线头
有人收紧。有人散作
阿弥陀佛，我们熟稔？

3

最初的那一份子，还
透顶了的荒唐，说笑
这歌子，咽喉一颤颤
百啭的潮湿不作色
低洄啊！似是而非的
谁在抛雾色，六角状
山水分明，说好围了
杏子花还在，再等等

翻过黄昏，灯火纾缓
那心皇误入的浅白！
小青峰。月光趾上弹
幻般也好，复作今昔
为这行近的。清欢吗？

附　录

张爱玲生平年录

1920 年 9 月 30 日出生上海麦根路（今康定东路），取名张煐。原籍河北丰润。她是清末洋务派名臣李鸿章的曾外孙女。

1921 年 12 月 21 日弟弟张子静出生。

1922 年迁居天津。父亲在津浦铁路局任英文秘书。

1925 年母亲黄逸梵出洋留学。

1927 年，7 岁的张爱玲随家回到上海，不久，母亲回国，她又跟着母亲学画画、钢琴和英文。张爱玲对色彩、音符和文字都极为敏感，她曾在《天才梦》中说："我是一个古怪的女孩，从小被目为天才，除了发展我的天才外别无生存的目标。"

1928 年由天津搬回上海读《红楼梦》《三国演义》。

1930 年 10 岁时，母亲坚持送张爱玲进学校读书，为此同父亲大吵一场。母女俩偷着跑到黄氏小学，张煐正式取名张爱玲。

1931 年秋就读上海圣玛利亚女校。

1932 年圣玛利亚女校校刊，刊载短篇小说处女作《不幸的她》。这是她在《凤藻》上发表的第一篇，也是唯一的一篇小说。

1933 年圣玛利亚女校校刊《凤藻》，刊载第一篇散文《迟暮》。

1937 年《国兴》刊载小说《牛》《霸王别姬》及《读书报告叁则》《若馨评》，《凤藻》刊载《论卡通画之前途》。夏天，毕业于圣玛利亚女校；母亲第二次出国归来，张爱玲因躲避日寇炮火到母亲家住，遭父亲毒打。

1938 年，旧历年的前一天，逃出父亲家，从此与父亲家告别。同年，在困境中终于长成大姑娘的张爱玲再一次接受了命运的考验：她虽然考取了英国的伦敦大学，却因为战事激烈无法前往。

1939 年考进香港大学专攻文学。

1940 年 4 月 16 日，《西风》月刊三周年征文揭晓，张爱玲的《天才梦》获第十三名。

1942 年香港沦陷，未毕业即回上海，给英文《泰晤士报》写剧评、影评:《婆媳之间》《鸦片战争》《秋歌》《乌云盖月》《万紫千红》《燕迎春》《借银灯》。也替德国人办的英文杂志《二十世纪》写《中国的生活与服装（Chinese life and Fashions)》。

1943 年作品如下:

《紫罗兰》杂志连载中篇小说《沉香屑：第一炉香》《沉香屑：第二炉香》

《杂志》月刊刊载《茉莉香片》《到底是上海人》《倾城之恋》《金锁记》

《万象》月刊刊载《心经》《琉璃瓦》

《天地》月刊刊载《散戏》《封锁》《公寓生活记趣》

《古今》月刊刊载《洋人看京戏及其他》《更衣记》

1944 年作品如下:

《万象》月刊连载长篇小说《连环套》

《杂志》月刊刊载《必也正名乎》《红玫瑰与白玫瑰》《殷宝滟送花楼会》《论写作》《有女同车》《走！走到楼上去!》《说胡萝卜》《诗与胡说》《写什么》《忘不了的画》《等》《年青的时候》《花凋》《爱》

第一本短篇小说集《传奇》由上海杂志社出版发行

《天地》杂志刊载《童言无忌》《造人》《打人》《私语》《中国人的宗教》《谈跳舞》《道路以目》《烬馀录》《谈女人》

《小天地》杂志刊载《散戏》《炎樱语录》

《苦竹》月刊刊载《谈音乐》《自己的文章》《桂花蒸阿小悲秋》

1944 年张爱玲与文化汉奸胡兰成结婚，炎樱作为证婚人。

1945 年作品如下:

《杂志》月刊连载《创世纪》《姑姑语录》《留情》《苏青张爱玲对谈记》《吉利》《浪子与善女人》

《小天地》月刊刊载《气短情长及其他》

《天地》月刊刊载《卷首玉照及其他》《双声》《我看苏青》

《倾城之恋》在上海公演

1947 年作品如下：

《大家》月刊刊载《华丽缘》《多少恨》

《传奇》（增订本）由上海山河图书公司出版。

与电影导演桑弧合作从事影剧活动，写出三部电影剧本《太太万岁》《不了情》《哀乐中年》（与桑弧合编）

1948 年以梁京为笔名在上海《亦报》连载《十八春》（后改名“半生缘”）

1949 年上海解放后，以梁京笔名在上海《亦报》上发表小说

1950 年 7 月参加上海第一届文学艺术界代表大会

1951 年 11 月《十八春》由上海《亦报》社出版单行本。11 月 4 日至次年 1 月 24 日，《小艾》（中篇小说）在《亦报》第三版发表。

1952 年赴香港，向香港大学申请复学获准。赴港后，在美国驻香港新闻处工作。写电影剧本《小儿女》《南北喜相逢》。翻译《老人与海》《爱默森选集》《美国七大小说》（部分）。

1954 年《秧歌》《赤地之恋》在《今日世界》连载，后在香港出版英文本及中文本。

1955 年秋天乘“克利夫兰总统号”离港赴美。

与好友炎樱同去拜访胡适。

1956 年得 Edward Mac Dowell Colony 的写作奖金。

1956 年 8 月，36 岁的张爱玲与 65 岁的赖雅结婚。

1957 年母亲在英国病逝。

1958 年为香港电懋电影公司编《情场如战场》《桃花运》《人才两得》等剧本。

1960 年成为美国公民。

1961 年张爱玲为了搜集写作材料，自美飞台转港。这是张爱玲唯一的台湾行，后来写入英文散文题目是张爱玲文集 3《重回前方》。11 月到港后为电懋电影公司赶写了两个剧本，其中之一是 1961 年极

为卖座的《南北和》续集《南北一家亲》。在台湾旅行期间，丈夫赖雅在美中风瘫痪，此后对张爱玲的生活和精神都是相当沉重的负担。

1962 年回美国华盛顿与丈夫重聚。

1966 年香港《星岛晚报》连载长篇小说《怨女》（根据《金锁记》改编）。

《怨女》由皇冠出版社出版。

1967 年赖雅以 76 岁高龄去世。

获邀任美国纽约雷德克里芙学校驻校作家。

着手英译清代长篇小说《海上花列传》。

1968 年《秧歌》《张爱玲短篇小说集》《流言》由皇冠出版社出版。

《皇冠》杂志、香港《星岛晚报》连载《半生缘》。

1969 年《半生缘》由皇冠出版社出版。

《皇冠》杂志发表《红楼梦未完》。

转入学术研究，任职加州柏克莱大学“中国研究中心”。

1972 年自“中国研究中心”离职。

1973 年定居洛杉矶。

《幼狮文艺》刊载《初评红楼梦》。

1974 年《中国时报》人间副刊刊载《谈看书》《<谈看书>；后记》。

1975 年完成英译《海上花列传》。

《皇冠》杂志刊载《二详红楼梦》。

1976 年《张看》由皇冠出版社出版。

《联合报》刊载《三详红楼梦》《〈张看〉自序》。

1977 年《红楼梦魇》由皇冠出版社出版。

1979 年《中国时报》社刊载《色，戒》。

1981 年《海上花列传》由皇冠出版社出版。

1983 年《惘然记》由皇冠出版社出版。

《幼狮文艺》刊载《初评红楼梦》。1984 年《联合文学》刊载电影剧本《小儿女》《南北喜相逢》。

1987 年《余韵》由皇冠出版社出版。

1988 年《续集》《表姨细姨及其他》《谈吃与画饼充饥》由皇冠出版社出版。

1990 年台北《联合报》副刊二月九日刊载《草炉饼》。

1991 年《张爱玲全集》典藏版：《秧歌》《赤地之恋》《流言》《怨女》《倾城之恋》《第一炉香》《半生缘》《张看》《红楼梦魇》《海上花开》《海上花落》《惘然记》《续集》《余韵》，由皇冠文学出版有限公司出版。

1992 年《爱默森选集》由皇冠文学出版有限公司出版。

《张爱玲文集》（四卷本）由安徽文艺出版社出版。

《张爱玲评传》由花山文艺出版社出版。

1993 年完成《对照记》。

《联合文学》刊载电影剧本《一曲难忘》。

1994 年《对照记》由皇冠文学出版有限公司出版。

1995 年 9 月 8 日逝世于洛杉矶公寓，当时身边没有一个人，恰逢中国的团圆节日——“中秋节”，享年 75 岁。

1995 年 9 月 19 日林式同遵照张爱玲遗愿，将遗体在洛杉矶惠捷尔市玫瑰岗墓园火化。

1995 年 9 月 30 日张爱玲的生忌，林式同与数位文友将她的骨灰撒在太平洋。

张爱玲经典语录

因为懂得，所以慈悲。

长的是磨难，短的是人生。

世上的好人比真人多。

人生最可爱的当儿便在那一撒手吧？

感情原来是这么脆弱的。经得起风雨，却经不起平凡……

我们再也回不去了。

生命是一袭华美的袍，爬满了蚤子。

这点爱别的不够，结婚时够了。

她的眼神泛着智慧的冷光。

无用的女人是最最厉害的女人。

教书很难——又要做戏，又要做人。

人生的所谓生趣，全在那些不相干的事。

笑，全世界便与你同笑，哭，你便独自哭。

生于这世上，没有一样感情不是千疮百孔的。

你年轻么？不要紧，过两年就老了。

生命有它的图案，我们惟有临摹。

小小的忧愁和困难可以养成严肃的人生观。

雨声潺潺，像住在溪边，宁愿天天下雨，以为你是因为下雨不来。

你如果认识从前的我，也许会原谅现在的我。

男人彻底懂得一个女人之后，是不会爱她的。

没有一个女子是因为她的灵魂美丽而被爱的。

美的东西不一定伟大，伟大的东西总是美的。

孤独的人有他们自己的泥沼。

有些傻话，不但是要背着人说，还得背着自己。让自己听见了也怪难为情的。譬如说，我爱你，我一辈子都爱你。

一个女人，倘若得不到异性的爱，就也得不到同性的尊重，女人就是这点贱。

出名要趁早，来得太晚的话，快乐也不是那么痛快。

人生最大的幸福，是发现自己爱的人正好也爱着自己。

细节往往是和美畅快，引人入胜了，而主题永远悲观。

童年的一天一天，温暖而迟缓，正像老棉鞋里面，粉红绒里子上晒着的阳光。

听到一些事，明明不相干的，也会在心中拐几个弯想到你。

能够爱一个人爱到问他拿零用钱的程度，那是严格的实验。

最可厌的人，如果你细加研究，结果总发现他不过是个可怜人。

对于不会说话的人，衣服是一种语言，随身带着一种袖珍戏剧。

一个知己就好像一面镜子，反映出我们天性中最优美的部分。

一个女人，太四平八稳了，端正的过分，始终是不可爱的。

钱太多了，就用不着考虑；完全没有钱，也用不着考虑了。

你问我爱你值不值得，其实你应该知道，爱就是不问值得不值得。

我愿意保留我的俗不可耐的名字，向我自己作为一种警告，设法除去一般知书识字的人咬文嚼字的积习，从柴米油盐，肥皂，水与太阳中去找寻实际的人生。

善良的人永远是受苦的，那忧苦的重担似乎是与生俱来的，因此只有忍耐。

在你面前我变得很低很低，低到尘埃里。但我的心里是喜欢的，从尘埃里开出花来。

但是，酒在肚子里，事在心里，中间总好像隔着一层，无论喝多少酒，都淹不到心上去。

普通人的一生，再好也是桃花扇，撞破了头，血溅到扇子上，就这上面略加一点染成一枝桃花。

人生恨事：（一）海棠无香；（二）鲥鱼多刺；（三）曹雪芹《红

楼梦》残缺不全；（四）高鹗妄改死有余辜。

爱情本来并不复杂，来来去去不过三个字，不是“我爱你，我恨你，”“便是算了吧，你好吗？对不起。”

回忆这东西若是有气味的话，那就是樟脑的香，甜而稳妥，像记得分明的快乐，甜而怅惘，像忘却了的忧愁。

对于三十岁以后的人来说，十年八年不过是指缝间的事。而对于年轻人而言，三年五年就可以是一生一世。

娶了红玫瑰，久而久之，红玫瑰就变成了墙上的一抹蚊子血，白玫瑰还是“床前明月光”；娶了白玫瑰，白玫瑰就是衣服上的一粒饭渣子，红的还是心口上的一颗朱砂痣。

我要你知道，在这个世界上总有一个人是等着你的，不管在什么时候，不管在什么地方，反正你知道，总有这么个人。

“死生契阔，与子成悦；执子之手，与子偕老”是一首悲哀的诗，然而它的人生态度又是何等肯定。我不喜欢壮烈。我是喜欢悲壮，更喜欢苍凉壮烈只是力，没有美，似乎缺少人性。悲哀则如大红大绿的配色，是一种强烈的对照。

我是一个古怪的女孩，从小被目为天才，除了发展我的天才外别无生存的目标。然而，当童年的狂想逐渐褪色的时候，我发现我除了天才的梦之外一无所有——所有的只是天才的乖僻缺点。世人原谅瓦格涅的疏狂，可是他们不会原谅我。

张爱玲作品记录

·小说

1.《不幸的她》上海圣玛利女校年刊《凤藻》总第十二期，1932年，为作者处女作（华东师大陈子善考证）。

2.《牛》，上海圣玛利亚女校《国光》创刊号，1936年。

3.《霸王别姬》，《国光》第九期，1937年。

4.《沉香屑：第一炉香》，上海《紫罗兰》杂志，1943年5月，收入《传奇》。

5.《沉香屑：第二炉香》，《紫罗兰》，1943年6月，收入《传奇》。

6.《茉莉香片》，上海《杂志》月刊第11卷4期，1943年7月，收入《传奇》。

7.《心经》，上海《万象》月刊第2－3期，1943年8月，收入《传奇》。

8.《倾城之恋》，《杂志》第11卷6－7期，1943年9～10月，收入《传奇》。

9.《琉璃瓦》，《万象》第5期，1943年11月，收入《传奇》。

10.《金锁记》，《杂志》第12卷2期，1943年11～12月，收入《传奇》。

11.《封锁》，上海《天地》月刊第2期，1943年11月，收入《传奇》。

12.《连环套》，《万象》7－10期，1944年1～6月，收入《张看》。

13.《年青的时候》，《杂志》第12卷5期，1944年2月，收入《传奇》。

14.《花凋》，《杂志》第12卷6期，1944年3月，收入《传奇》。

15.《红玫瑰与白玫瑰》，《杂志》第13卷2－4期，1944年5～7月，收入《传奇》。

16.《殷宝滟送花楼会》，《杂志》第14卷2期，1944年11月，收入《惘然记》。

17.《等》，《杂志》第14卷3期，1944年12月，收入《传奇》。

18.《桂花蒸阿小悲秋》，上海《苦竹》月刊第2期，1944年12月，收入《传奇》。

19.《留情》，《杂志》第14卷5期，1945年2月，收入《传奇》。

20.《创世纪》，《杂志》第14卷6期，第15卷1、3期，1945年3～6月，收入《张看》。

21.《鸿鸾禧》，上海《新东方》第9卷第6期，1944年6月。

22.《多少恨》，上海《大家》月刊第2－3期，1947年5～6月，收入《惘然记》，台湾皇冠出版社，1983年6月。

23.《小艾》，上海《亦报》，1950年连载，江苏文艺出版社，1987年7月。

24.《十八春》，上海《亦报》连载，1951年出单行本。

25.《秧歌》，香港《今日世界》月刊，1954年。

26.《赤地之恋》，香港《今日世界》，1954年。

27.《五四遗事》，台北《文学》杂志，1957年，收入《惘然记》。

28.《怨女》，香港《星岛晚报》连载，1966年，台北皇冠出版社出版，1968年。

29.《半生缘》，1968年，先在台湾《皇冠》杂志刊出，后改名为《惘然记》，收入《惘然记》。

《相见欢》，收入《惘然记》。

30.《色·戒》，台湾《中国时报·人间副刊》，1979年，收入《惘然记》。

31.《浮花浪蕊》，收入《惘然记》，1983 年。

（以上三篇约作于 1950 年，发表时间晚。）

32.《小团圆》（创作于 1970 年，于 2009 年 2 月 23 日在台出版，4 月 8 日在大陆于北京出版社出版集团北京十月文艺出版社出版发行，引起热议。）

33.《同学少年都不贱》（这部中篇作于 1973 年至 1978 年之间，2004 年 2 月台湾皇冠出版社推出了这本小说的正体字单行本。）

34.《雷峰塔》《易经》繁体版（2010 年 9 月在台出版）

35.《异乡记》出版于 2010 年 12 月 1 日。

36.《雷峰塔》《易经》简体版大陆发行，2011 年 4 月。

·散文

1.《迟暮》，上海圣玛利亚女校《凤藻》1933 年刊。

2.《秋雨》，上海圣玛利亚女校《凤藻》1936 年刊。

3. 书评四篇，《国光》第 1、6 期，1936 ~ 1937 年。

4.《论卡通画之前途》，上海圣玛利亚女校《凤藻》1937 年刊。

5.《牧羊者素描》，上海圣玛利亚女校《凤藻》1937 年刊。

6.《心愿》，上海圣玛利亚女校《凤藻》1937 年刊。

7.《天才梦》，西风出版社征文，1939 年，收入《张看》。

8.《到底是上海人》，《杂志》第 11 卷 5 期，1943 年 8 月，收入《流言》。

9.《洋人看京戏及其它》，上海《古今》半月刊第 33 期，1943 年《更衣记》，《古今》第 34 期，1943 年 12 月，收入《流言》。

10.《公寓生活记趣》，《天地》第 3 期，1943 年 12 月，收入《流言》。

11.《道路以目》，《天地》第 4 期，1944 年 1 月，收入《流言》。

12.《必也正名乎》，《杂志》第 12 卷 4 期，1944 年 1 月，收入《流言》。

13.《烬余录》，《天地》第 5 期，1944 年 2 月，收入《流言》。

14.《谈女人》，《天地》第 6 期，1944 年 3 月，收入《流言》。

15. 《小品三则》（包括《走！走到楼上去》《有女同车》《爱》），《杂志》第13卷1期，1944年4月，收入《流言》。

16. 《论写作》，《杂志》第13卷1期，1944年4月，收入《张看》。

17. 《童言无忌》，《天地》第7、8期，1944年5月，收入《流言》。

18. 《造人》，《天地》第7、8期，1944年5月，收入《流言》。

19. 《打人》，《天地》第9期，1944年6月，收入《流言》。

20. 《说胡萝卜》，《杂志》第13卷4期，1944年7月，收入《流言》。

21. 《私语》，《天地》第10期，1944年7月，收入《流言》。

22. 《中国人的宗教》，《天地》第11—13期，1944年8~10月。

23. 《诗与胡说》，《杂志》第13卷5期，1944年8月，收入《流言》。

24. 《写什么》，《杂志》第13卷5期，1944年8月，收入《流言》。

25. 《〈传奇〉再版序》，1944年9月。

26. 《炎樱语录》，上海《小天地》第1期，1944年9月，收入《流言》。

27. 《散戏》，《小天地》第1期，1944年9月。

28. 《忘不了的画》，《杂志》第13卷6期，1944年9月，收入《流言》。

29. 《谈跳舞》，《天地》第14期，1944年11月，收入《流言》。

30. 《谈音乐》，《苦竹》第1期，1944年11月，收入《流言》。

31. 《自己的文章》，《苦竹》第2期，1944年12月，收入《流言》。

32. 《借银灯》1944年12月中国科学公司初版，收入《流言》。

33. 《夜营的喇叭》《银宫就学记》《存稿》《雨伞下》《谈画》（以上均收入《流言》中，发表刊物及年月不详）。

34. 《气短情长及其它》，《小天地》第4期，1945年1月。

35.《〈卷首玉照〉及其它》,《天地》第17期，1945年2月。

36.《双声》,《天地》第18期，1945年3月。

37.《吉利》,《杂志》第15卷1期，1945年4月。

38.《我看苏青》,《天地》第19期，1945年4月。

39.《姑姑语录》，《杂志》第15卷2期，1945年5月，收入《张看》。

40.《中国的日夜》，收入《传奇》增订本，1947年。

41.《华丽缘》，上海《大家》月刊创刊号，1947年4月，收入《惘然记》。

42.《有几句话同读者说》，收入《传奇》增订本。

43.《太太万岁〉题记》，上海《大公报、戏剧与电影》1947年12月3日。

44.《张爱玲短篇小说集・自序》,1954年7月。

45.《〈爱默森文选〉译者序》1964年。

46.《忆胡适之》，台湾《中国时报・人间副刊》，收入《张看》,1976年。

47.《谈看书》，台湾《中国时报・人间副刊》，收入《张看》,1976年。

48.《谈看书后记》，台湾《中国时报・人间副刊》，收入《张看》,1976年。

49.《〈红楼梦魇〉自序》，台湾皇冠出版社，1976年。

50.《〈张看〉自序》，台湾皇冠出版社，1976年5月。

51.《〈惘然记〉序》，台湾皇冠出版社，1983年6月。

52.国语本《海上花》译后记，1983年10月1日、2日台北《联合报》副刊。

53.《〈海上花〉的几个问题》(英译本序),1984年1月3日台北《联合报》副刊。

54.《表姨细姨及其他》，台湾皇冠出版社，1988年。

55.《谈吃与画饼充饥》，台湾皇冠出版社，1988年。

56.《“嗄?”?》,1989年9月25日台北《联合报》副刊。

57.《草炉饼》，1990 年 2 月 9 日台北《联合报》副刊。

·电影剧本

1.《太太万岁》（1947 年）

2.《不了情》（1947 年）

3.《哀乐中年》（1949 年）

4.《伊凡生命中的一天》

5.《情场如战场》（1957 年）（改编），1956 年摄制，收入《惘然记》。

6.《人财两得》（1958 年）

7.《桃花运》（1959 年）

8.《六月新娘》（1960 年）

9.《南北一家亲》（1962 年）

10.《小儿女》（1963 年）

11.《一曲难忘》（1964 年）

12.《南北喜相逢》（1964 年）

13.《红楼梦》（为电懋影业公司所写，分上、下集，未拍成）

14.《魂归离恨天》（为电懋影业公司所写，未拍成）

·学术论著

1.《红楼梦魇》，台湾皇冠出版社，1976 年。

2.《〈海上花列传〉评注》，台湾《皇冠》杂志刊出，1981 年。

·译文

1.《爱默生选集》，台湾皇冠出版社，1992 年。

2.《海上花列传》（汉译英）。

3.《美国现代七大小说家》（与人合译，英译汉）。

·其他

1.《自己的文章》《新东方》杂志，1944 年 7 月。

2. 《张看》，皇冠文化。

3. 《对照记》，皇冠文化。

4. 《余韵》，皇冠文化，1991 年。

5. 《回顾展 1》，皇冠文化，1991 年。

6. 《回顾展 2》，皇冠文化，1991 年。

7. 《续集》皇冠文化，2003 年。

8. 《沉香》皇冠文化，2005 年。

9. 《小团圆》皇冠文化/北京十月文艺出版社，2009 年。

10. 《易经》（<The Book of Change>），皇冠文化，2010 年。

11. 《雷峰塔》（< The Fall of the Pagoda >），皇冠文化，2010 年。